光文社文庫

刑事失格

新・強請屋稼業

『殺し屋刑事』改題

南　英男

光

この作品は、二〇一六年十月に刊行された『殺し屋刑事(デカ)』に著者が大幅加筆修正して改題したものです。

この物語はフィクションであり、登場する人物名および団体名、事件名は実在するものと一切関係ありません。

目次

刑事失格

新・強請屋稼業

プロローグ

遺影はほほえんでいた。

澄んだ笑顔だった。それだけに一層、辛（つら）い。涙を誘う。申し訳なくて、長く写真を見つめてはいられない。また目が潤（うる）みそうだ。

見城豪（けんじょうすぐる）は言葉にならない声を発し、髪を掻（か）き毟（むし）った。

かけがえのない女性が不運な死を遂げて、はや半年が流れた。喪失感と哀惜（あいせき）の念は募（つの）るばかりだ。

生きる張りを失って、いまも茫然自失（ぼうぜんじしつ）の日々がつづいている。自責の念にもさいなまれていた。

見城は長嘆息（ちょうたんそく）して、コーヒーテーブルの上の写真立て（フォト・フレーム）を静かに伏せた。

渋谷区桜丘町（さくらがおかちょう）にある『渋谷レジデンス』の八〇五号室だ。間取りは１ＬＤＫだった。

見城は自宅を兼ねた事務所の長椅子に坐（すわ）って、酒を呷（あお）っていた。

三月下旬のある夜だ。時刻は十時近い。

この先、どう生きればいいのか。いっそ死んでしまえば、楽になるだろう。見城は慌（あわ）てて死の誘惑を遠ざけた。命ある限り、故人を供養（くよう）すべきではないか。それが、せめてもの償（つぐな）いだろう。人の道でもある。

「こんなことになるなんて……」

見城は声に出して呟（つぶや）き、飲みかけのバーボンロックを傾けた。

ウイスキーはブッカーズだった。好みの銘柄だ。喉（のど）ごしがいい。

ほぼ毎日、見城は酒に溺（おぼ）れていた。

素面（しらふ）でいると、頭がおかしくなりそうだった。何もかもが虚（むな）しく、味気ない。命の儚（はかな）さを呪わずにはいられなくなる。

いまは他人（ひと）に会うことも煩（わずら）わしい。ニートのように塒（ねぐら）に引き籠（こも）るほか術（すべ）がなかった。

死者を偲（しの）んでいるときは、少しも孤独ではない。故人が胸の中にいるからだろう。

四十一歳の見城は、元刑事の私立探偵だ。十年半前まで赤坂署刑事課に所属していた。

敏腕刑事として知られていたが、無類（むるい）の女好きだった。

見城は暴力団組長の若い妻と不倫の仲になり、依願退職せざるを得なくなった。退官時は警部補だった。

見城は大手調査会社に再就職し、九年前に独立した。『東京リサーチ・サービス』という大層な看板を掲げているが、調査員も事務員も雇っていない。まったくの個人営業だ。

探偵業の収入は不安定だった。赤字になる月もあった。

それでも、見城は生活費に困ったことはない。借金もなかった。裏稼業で要領よく稼いでいたおかげだ。

男女の素行調査をこなしていると、時に大きなスキャンダルや犯罪が透けてくる。見城は弱みのある人間から非情に口止め料をせしめていた。つまり、裏の顔は強請屋だった。

といっても、見城は薄汚い無法者ではない。彼なりの行動哲学があった。脅すのは、救いようのない犯罪者に限られていた。

財力や権力を握った〝仮面紳士〟たちを懲らしめる快感は深い。下剋上の歓びをたっぷりと味わえる。極悪人狩りは、実に愉しい。

しかし、去年の初秋から探偵業は休業中だった。裏稼業にも励んでいない。最愛の帆足里沙を喪った悲しみがいまも尾を曳いている。それで無気力になってしまったわけだ。

去年の九月、見城は裏仕事で新薬開発に絡む不法治験を暴いたことで犯罪者に里沙を拉致された。どんなことがあっても、交際相手を救い出さなければならない。

そんなある日、今度は強請の相棒である百面鬼竜一の恋人が人質に取られる。見城より四つ年上の百面鬼は新宿署の現役刑事だが、やくざよりアナーキーだ。法やモラルには縛られていない。捨身で生きている。

見城は百面鬼の助けを借りながら、敵の牙城に乗り込んだ。一連の事件の首謀者に迫ったとき、闇から銃弾が放たれる。とっさに見城を庇おうとした里沙が運悪く被弾してしまった。

見城はすかさず反撃したが、その場で里沙は息絶える。享年二十九だった。自分のせいで、里沙は巻き添えになって命を落とした。その責任は重い。罪の意識は消えなかった。まだまだ苦悩はつづくだろう。

里沙の遺骨は都内の墓地で眠っている。見城は月に三、四度、墓参りしていた。そのたびに、納骨堂から里沙の骨壺を盗み出したい衝動に駆られる。

できることなら、遺骨を自宅マンションに持ち帰りたい。そして、骨を少しずつ食べてしまいたかった。そうすることで、故人と一体化できる気がしたのだ。半ば本気だった。

　しかし、遺族を悲しませるわけにはいかない。夢想するだけに留めた。

　見城はブッカーズのボトルを摑み上げ、グラスにウイスキーをなみなみと注ぎ足した。グラスに手を伸ばしたとき、コーヒーテーブルの上で携帯電話が振動した。いつもマナーモードにしてあった。

　見城は携帯電話を手に取った。発信者は新宿署の悪刑事だった。

「百さん、何か急用かな？」

「そうじゃねえんだ。見城ちゃん、気分転換にマカオのカジノで遊ばねえか。それじゃ、ケチ臭いな。おれが旅費を出すから、いっそラスベガスに飛ぼうや。どうだい？」

「せっかくの誘いだが、そんな気分じゃないんだ」

「そうか、そうだろうな。松が見城ちゃんのことを心配してたぜ。電話しても、いつも塞ぎ込んでると言ってたよ」

　百面鬼は打ち明けた。

　松というのは松丸勇介のことだ。三十三歳の盗聴防止コンサルタントで、共通の飲み友達である。松丸は見城の助手のような存在だった。欲のない人物だ。

「自分のメンタルがこんなにも弱いとは思わなかったよ。おれは誰よりも大切な女を若死にさせてしまった。もう立ち直れないかもしれない」

「何を言ってやがるんだ。悲しんでばかりいたら、里沙ちゃん、成仏できねえぞ」

「そうかな」

「毎朝日報の唐津の旦那も、そっちのことを心配してる」

「唐津さんから何度か電話があったよ。そのたびに、力づけられたんだが……」

「松も唐津の旦那も、おれたちの仲間なんだ。自分を支えられなくなったら、誰かに遠慮なくSOSを出せや」

「そうなったら、助けてもらうよ」

見城は素っ気なく答え、先に電話を切った。

仲間たちが自分のことを案じてくれるのはありがたいが、うっとうしくもあった。見城は無精髭をしごきながら、ロックグラスを持ち上げた。

アイスペールの氷は溶けて水になっていた。ソファから立ち上がって、冷蔵庫まで歩くのは億劫だった。物憂かった。

いまの生活から早く脱け出したいという気持ちもある。だが、再起するまでもう少し時間が必要だった。

見城はバーボンウイスキーを水のように喉に流し込み、目を閉じた。瞼の裏には里沙の姿が映っていた。

見城は声を殺しながら、忍び泣いた。

肩の震えがなかなか止まらない。きょうも長い夜になるだろう。

第一章　正体不明の暴漢

1

札束が積み上げられた。

百万円の束が三つだった。どれも帯封が掛かっている。

新宿区歌舞伎町二丁目にある関東桜仁会安岡組の事務所だ。四月上旬のある日の夕方だった。

百面鬼竜一は、組長の安岡誠治と向かい合っていた。事務所の一隅にある応接室だ。

二人のほかには誰もいない。

「旦那、これで目をつぶってもらえませんか」

安岡が口を開いた。おもねる口調だった。

百面鬼は鼻先で笑っただけで、言葉を発しなかった。駆け引きの開始だ。

「ご存じのように遣り繰り(シノギ)が年々、きつくなってるんですよ。それでも、義理掛けはやらなきゃならない。そんなことで、台所は苦しいんです」

「だから？」

「この三百万だって、やっと掻(か)き集めたんでさあ」

「泣きが入りやがったな」

「旦那には、これまでにだいぶ〝お車代〟を差し上げましたよね」

安岡が細い目を狡(ずる)そうにしばたたかせた。まだ四十六、七歳だが、額はすっかり禿(は)げ上がっている。眉毛も薄い。

「駆け引きしてやがるのかっ」

「別にそんなつもりじゃありません」

「上等じゃねえか」

百面鬼は剃髪頭(スキンヘッド)を軽く撫(な)で、組んでいた右脚(みぎあし)を宙に浮かせた。そのまま脚で、コーヒーテーブルの上の札束を払い落とす。三つの札束は床(フロア)に落ち、鈍(にぶ)い音をたてた。

「あんまりいじめないでくださいよ」

安岡が作り笑いを拡(ひろ)げた。腹を立てていることは間違いないだろう。

百面鬼は無言で腰の後ろのサックから手錠を取り出した。安岡が目を剥(む)き、反射的に反(そ)り身になった。

四十五歳の百面鬼は、新宿署刑事課強行犯(きょうこうはん)係の刑事だ。

身長は百七十三センチだが、肩と胸はレスラーのように厚い。いつもトレードマークの薄茶のサングラスをかけている。

身なりも派手だ。目立つ色のスーツを着込み、左手首にはオーデマ・ピゲの腕時計を嵌(は)めている。そのため、やくざ者に見られることが多い。

「おれに手錠(ワッパ)打つ気なんですか!?」

「そうだ。そっちは末娘が夢中になったホストを若い衆たちに始末させて、死体(マンジユウ)を秩父(ちちぶ)山中に埋めさせただろうが?」

「えっ」

「おれは裏付(ウラ)けを取ったんだ。安岡、おまえを殺人教唆(きょうさ)容疑で逮捕(パク)る。おとなしく両手を出せや」

「わ、悪い冗談はやめてください。わかりましたよ。あと二束(ふたたば)、なんとかしましょう」

安岡が足許(あしもと)の札束を拾い上げ、卓上に重ねた。

「たったの五百万で事件(ヤマ)を揉(も)み消せってか?」

「旦那は本庁の警察官僚(キャリア)や所轄署の署長たちの弱みを握ってるようだから、なんとかなるんでしょ？」

「確かにおれは、警察の偉いさんたちの不正やスキャンダルの証拠を押さえてらあ。けど、殺人事件を揉み消すには大勢の人間に鼻薬をきかせなきゃならねえ。三百や五百じゃ、話にならない」

「娘に二千万も貢(みつ)がせたホストはいろんな客に甘いことを言って、分譲マンションやポルシェを買わせてたんですよ。そんな屑(くず)野郎は誰かが殺(や)っちまわないとね、女の敵なんだから」

「薄っぺらなイケメンのホストに騙(だま)された女どもが悪いんだよ。そっちの末娘も、救いようのない馬鹿(ばか)女だな」

「そこまで言うことはないでしょ！」

「頭にきたか。だったら、金庫の中に隠してあるグロック26を出せや。殺人教唆(きょうさ)容疑に銃刀法違反が加わりゃ、最低三年半の実刑を喰(く)らうだろう。そっちが刑務所(ムショ)に入ってる間に、安岡組をぶっ潰(つぶ)してやらあ」

「旦那には負けましたよ。いいでしょう、一、一本差し上げましょう」

「一本というと、一億だな？」

「冗談きついなあ。一千万ですよ。それで、ホスト殺しの件はなかったことにしてください。いま、足りない分を持ってきます」

安岡が総革張りの黒いソファから立ち上がり、応接室から出ていった。百面鬼はほくそ笑んで、茶色い葉煙草をくわえた。高笑いしそうになったが、ぐっと堪える。

百面鬼は無敵の悪党刑事だ。生活安全（旧防犯）課勤務時代から管内の暴力団から平気で金品をせびり、押収した麻薬や銃刀は地方の犯罪組織にこっそり売り捌いていた。

また、歌舞伎町で働いているソープ嬢や風俗嬢とはあらかた寝ていた。そうした店の経営者たちに揺さぶりをかけ、ベッドパートナーを提供させたのである。もちろん、ホテル代も先方持ちだ。

百面鬼は練馬区内にある寺の跡継ぎ息子だが、仏心はおろか道徳心もまるっきりない。並外れた好色漢で、金銭欲も強かった。ろくでなしであることを否定する気はない。事実、その通りだ。刑事失格だろう。

刑事課に異動になったのは、二年半ほど前だった。百面鬼はいまも職務そっちのけで、強請やたかりに励んでいる。

そんな具合だから、百面鬼とバディを組みたがる同僚はひとりもいなかった。署内では完全に孤立しているが、当の本人は少しも気にしていない。長いこと同じ所轄署にいるのは、引き受けてくれる署がないからだ。

職階は、まだ警部補である。

それなのに、百面鬼は警部や警視にも敬語を使ったことがない。警察は階級社会だ。普通なら、それだけで職場から追放されてしまうだろう。

しかし、百面鬼は上司の誰にも頭を下げたことはなかった。それこそ、したい放題だった。そんなふうに振る舞えるのは切札を握っているおかげだ。

法の番人であるはずの警察も、いまや腐り切っている。

大物政財界人に泣きつかれて、捜査に手心を加えるケースは決して珍しくない。収賄、傷害、淫行、交通違反などの揉み消しは日常茶飯事だ。キャリア官僚が引き起こした轢き逃げ事件さえ闇に葬られたことがある。

その見返りとして、現金、外車、ゴルフのクラブセット、高級腕時計、舶来服地などを貰う警察幹部はいっこうに減らない。それどころか、この不景気で悪徳警官の数は増えている。

銀座や赤坂の高級クラブを夜な夜な飲み歩き、その請求書を民間企業に付け回す不心得者の数も少なくない。汚れた金で若い愛人を囲っている警察官僚も、ひとりや二人ではなかった。

百面鬼は、そうした不正や醜聞の証拠を押さえていた。それで、悪徳警官・職員を摘発している本庁警務部人事一課監察も警察庁の首席監察官も彼には手を出せないのだ。百面鬼を告発したら、警察全体の腐敗ぶりが露呈してしまう。

待つほどもなく安岡が応接室に戻ってきた。老舗デパートの名の入った手提げ袋を持っている。中身は七束の札束だろう。百面鬼は葉煙草の火を揉み消した。

安岡が憮然とした表情でソファに腰かけ、卓上の三百万円を手提げ袋の中に突っ込んだ。

「これで、ちょうど一千万円です。例の事件は迷宮入りにしてもらえますよね？」

「早速、根回しに取りかからあ」

百面鬼は言いながら、部屋の中を改めて見回した。

やはり、防犯カメラはどこにも設置されていなかった。しかし、まだ安心はできない。

「ひとつよろしく！　それはそうと、旦那、ロシア娘はいかがです？　遊んでみる気があるんでしたら、すぐにホテルと女の手配をしますよ」

「安岡、ロシア人の密航ビジネスもはじめたらしいな。極東マフィアにルートをつけておけば、密入国の手助けだけじゃなく、銃器、麻薬、密漁された蟹も安く手に入るだろう」

「旦那、それは曲解ですよ。おれの兄弟分がやってるロシアン・クラブのナンバーワン・ホステスを回してやってもいいと思っただけなんです」

「そうかい。せっかくだが、きょうは遠慮しておくよ」

「何を警戒されてるんです？」

安岡が訊いた。

「警戒だと？」

「ええ、そうです。旦那はうっかり誘いに乗ったら、ロシア娘とナニしてるところを隠し撮りされるとでも思ったんでしょ？」

「おれは独身なんだ。セックスしてるとこを盗撮されたって、別に困ったことにはならねえ。これ、持って帰るぞ」

百面鬼は一千万円入りの手提げ袋を引き寄せると、手錠で安岡の顔面をぶっ叩いた。

安岡が短く呻いて、左の頬に手を当てる。

「ひでえじゃねえかっ。いったい、なんの真似なんです？」

「ポケットの中に隠してある物を出しな」

「えっ、何を言ってるんです!?」

「急所を潰されたくなかったら、早くICレコーダーを出すんだなっ」

「おれ、ポケットには何も忍ばせてませんよ」

「そっちは抜け目のない男だから、何か企んでるにちがいねえ。すんなり一千万も出すはずない」

「旦那とは持ちつ持たれつの関係なんです。何か保険を掛けておこうなんて考えたことは、ただの一度もありませんよ」

安岡が言いながら視線を泳がせた。まともに百面鬼の顔を見ようとはしない。疚しさがあるせいだろう。

百面鬼は手錠を革サックに戻すと、ショルダーホルスターからシグ・ザウエルP230JPを引き抜いた。官給された自動拳銃だ。銃口を安岡の心臓部に向ける。

安岡が竦み上がった。

「事情聴取中、そっちがオーストリア製の自動拳銃を取り出した。おれは防衛のため、やむなく発砲したってことにすらあ」

百面鬼は言って、口の端を歪めた。

「悪ふざけが過ぎるな」

「こっちは本気だぜ。安岡、どうする？」

「まいったな。おれの負けです」

安岡が長嘆息し、黒っぽい上着の左ポケットからICレコーダーを抓み出した。

「ICレコーダーのメモリーをおれの目の前で燃やしな」

百面鬼は命じた。

安岡が観念してICレコーダーの内蔵メモリーにダンヒルのライターで火を点ける。メモリーは青白い炎を吐きながら、徐々に燃えはじめた。炎が大きくなると、安岡はメモリーを大理石の灰皿の底に落とした。

百面鬼は拳銃をホルスターに戻し、ICレコーダーのメモリーの炎が尽きるのを待った。

「旦那は、おれたちの世界に入るべきだったんじゃないのかな。度胸は据わってるし、勘も鋭い。たぶん、大親分になれたでしょう」

「ヤー公になるぐらいだったら、親父の寺の坊主にならあ。これでも一応、僧侶の資格は持ってるんでな」

「そうらしいですね。坊さんになったら、若い未亡人の喪服の裾を捲って、バックから突っ込むつもりなんでしょ？」

安岡がからかった。百面鬼は安岡を睨みつけた。安岡は迫力に気圧されたようで、すぐに伏し目になった。

百面鬼には厄介な性癖があった。セックスパートナーの裸身に黒い喪服を着せないと、なぜだか性的に昂まらない。それも着物の裾を撥ね上げて後背位で交わらなければ、絶対に射精できなかった。一種の異常性欲なのではないかと密かに悩んでいる。

百面鬼は新妻にアブノーマルな営みを強いて、わずか数カ月で実家に逃げ帰られてしまった。だいぶ昔の話だ。それ以来、百面鬼は生家で年老いた両親と暮らしている。もっとも外泊することが多く、めったに親の家には帰らない。

「ソープや風俗の娘たちは、旦那のことを陰で喪服刑事なんて呼んでますよ。ご存じでした？」

「知るか、そんなこと！」

「裸の女になんで喪服なんか着せたがるんです？　相手が素っ裸のほうが男は興奮するでしょうが」

「安岡は、まだ色の道を究めてねえな。白い肌に喪服をまとわせたほうが女は綺麗に見えるし、色っぽいんだよ」

「そんなもんですか。だけど、ちょっと変態っぽいな」

「なんだと!?　おい、もう一遍言ってみろ！」

百面鬼はサングラスのフレームに武骨(ぶこつ)な指を添え、目に凄(すご)みを溜めた。

「怒らないでくださいよ。別段、悪意があったわけじゃないんです」

「おれは変態なんかじゃねえ。並の男よりも、ちょいと感受性が豊かなだけだ。安岡、なんか文句あるかっ」

「いいえ、別に。旦那、子供のころに何かあったんでしょ？　たとえば、筆下(ふでお)ろしの相手が喪服を着た年上の女だったとか」

「うるせえや！　くだらねえことを言ってると、隠してある拳銃(ドウグ)も押収するぞ」

「それだけは、どうかご勘弁を……」

安岡が愛想笑いをした。

百面鬼は冷ややかに笑い返し、札束の詰まった手提げ袋を胸に抱えて立ち上がった。万札で一千万円だと、およそ一キロの重さになる。もっと重いほうが嬉しい。何か中途半端な重さだった。

組事務所は新宿区役所の裏手にある。雑居ビルの八階のワンフロアを使っていた。応接室を出ると、近くに若い組員たちが控えていた。どの顔も険(けわ)しい。懸命に不快感に耐えているのだろう。

「おまえら、せいぜい組長孝行をするんだな」

百面鬼は言って、蟹股で組事務所を出た。エレベーターで一階に降りる。

覆面パトカーは、雑居ビルの前に駐めてあった。オフブラックのクラウンだ。同僚たちはワンランク下の車を職務に使っている。

百面鬼は署長の弱みを握り、自分専用の覆面パトカーを特別注文させたのだ。警察無線は搭載されているが、ふだんはスイッチを切ってある。

百面鬼はクラウンの運転席に坐った。

午後五時半を回っていた。銀座に向かう。幹線道路は、やや渋滞していた。

百面鬼は屋根に赤色灯を載せ、サイレンを響かせはじめた。

前走の車を次々にごぼう抜きにしていく。二十分そこそこで、銀座に着いた。

百面鬼はクラウンを並木通りに面した有名宝飾店に横づけした。助手席に置いてある手提げ袋の中から五つの札束を摑み出し、上着の内ポケットに無造作に突っ込む。両方の内ポケットだ。

百面鬼は宝飾店で、ダイヤのネックレスとブレスレットを買った。二点で四百七十三万円だった。

覆面パトカーに戻ると、今度は日比谷の帝都ホテルに急いだ。

恋仲の佐竹久乃が一六〇五号室で待っているはずだ。久乃はフラワーデザイナーである。三十九歳だ。久乃は、都内に幾つかフラワーデザイン教室を持っている。

ほどなく目的のホテルに着いた。

百面鬼はクラウンを地下駐車場の隅に停めた。目立たない場所だった。

五百万円入りの手提げ袋をトランクルームに移し、喪服を詰めた紙袋を取り出す。買ったばかりの装身具を紙袋の中に押し込み、エレベーター乗り場に足を向けた。

百面鬼は月のうちの半分は、久乃のマンションに泊めてもらっている。

欲のない久乃は、百面鬼から食費を取ろうとしない。家賃の一部すら負担させてもらえなかった。百面鬼はささやかな返礼のつもりで毎月一度、久乃と超一流ホテルでディナーを摂り、デラックス・スウィートに宿泊している。きょうは、そういう日だった。

百面鬼は部屋に入ると、さりげなく宝飾店の包みを久乃に渡した。

「ネックレスとブレスレットが入ってる」

「どうしたの？　わたしの誕生日は、まだ先よ。忘れちゃった？」

「ちゃんと憶えてるさ。きょうのプレゼントは、ただの気まぐれだよ」

「そうなの。ありがとう。ね、開けてもいい？」

久乃が二つの包みを手早く解いた。すぐに子供のように目を輝かせた。父性愛をくすぐられる。百面鬼は頰を緩めた。

「どっちも素敵だわ。ネックレスもブレスレットも高かったんでしょ？」

「値段のことは気にするなって。惚れてる女が喜ぶ顔を見たかったんだよ」

「まさか悪いことをしたんじゃないわよね」

「競馬で万馬券を当てたんだ。まともな金だから、心配するな」

「疑うようなことを言って、ごめんなさい。とっても嬉しいわ」

久乃がはしゃぎ声で言い、ネックレスとブレスレットを身につけた。一段と美しく見える。

百面鬼は久乃を抱き寄せ、唇を重ねた。二人は軽く唇をついばみ合い、ほどなく舌を絡ませた。

濃厚なくちづけを交わすと、百面鬼たちは部屋を出た。館内のフレンチ・レストランでワイングラスを傾けながら、ゆったりとコース料理を食べた。

鴨肉の果実酒煮とオマール海老のクリーム煮は絶品だった。ステーキのキャビア添えは、食材を殺し合っていた。それでも百面鬼は、デザートの洋梨のシャーベットまで平らげた。久乃はメイン・ディッシュを少し食べ残した。

部屋に戻ったのは七時半ごろだった。

二人は、いつものようにバスルームでひとしきり戯れた。女盛りの久乃の肉体は熟れに熟れていた。乳房はたわわに実り、ウエストのくびれが深い。腰は豊かに張り、むっちりとした腿はなまめかしかった。

やがて、二人は生まれたままの姿で控えの間を横切り、奥の寝室に向かった。

久乃がベッドに横たわった。仰向けだった。二人は胸を重ね、改めて唇を貪り合った。

百面鬼は久乃のほぼ全身に口唇を這わせてから、彼女の股の間にうずくまった。赤くくすんだ縦筋は綻びかけていた。

百面鬼は舌技に熱を込めた。

久乃が裸身を揉み、間もなく高波にさらわれた。内腿に漣めいた震えが走った。次の瞬間、百面鬼は頭を挟みつけられた。

久乃はスキャットのような声を発しつづけた。裸身は何度も縮まった。

胸の波動が鎮まると、久乃はむっくりと上体を起こした。

百面鬼は膝立ちになった。久乃が片腕を百面鬼の腰に回し、せっかちにペニスを口に含んだ。舌の動きには変化があった。

百面鬼は徐々に力を漲らせはじめた。しかし、雄々しくは昂まらなかった。

と、急に久乃が顔を上げた。すぐに彼女はベッドの下から喪服を掴み上げ、素肌に羽織った。白い肌が一層、際立った。白と黒のコントラストは強烈だった。

百面鬼は欲情を煽られた。下腹部が熱を孕む。

久乃が心得顔で獣の姿勢をとった。顔を枕に埋め、形のいいヒップを高く突き出す。

百面鬼は喪服の裾を腰のあたりまで一気にはぐった。

水蜜桃のような白い尻が眩い。百面鬼は膝立ちのまま、体を繋いだ。刺し貫くような挿入だった。

久乃が啜り泣くような声を切れ切れにあげながら、大胆に腰をくねらせはじめた。百面鬼は、たっぷりそそられた。勢い律動が速くなる。

やがて、二人は相前後して果てた。

百面鬼は野太く唸りながら、精を放った。射精感は鋭かった。ほんの一瞬だったが、脳天と背筋が痺れた。久乃は裸身をリズミカルに痙攣させながら、悦びの声を高らかに発した。うっとりとした表情だった。

二人は余韻を味わい尽くしてから、静かに離れた。

百面鬼は体を拭うと、腹這いになった。葉煙草の箱を引き寄せたとき、サイドテーブルの上で私用の携帯電話が鳴った。

百面鬼は携帯電話を摑み上げ、ディスプレイを覗いた。松丸は、フリーの盗聴防止コンサルタントである。要するに、盗聴器探知のプロだ。

松丸は電圧テスターや広域電波発信機(マルチバンド・レシーバー)を使って、企業、ホテル、一般家庭などに仕掛けられた各種の盗聴器を見つけ出し、一件三万から十万円の報酬を得ている。特殊な仕事だからか、割に繁昌(はんじょう)しているようだ。それだけ盗聴器が氾濫(はんらん)しているのだろう。

「なんでえ、松か。なんの用だ？」

「これから一緒に見城さんの部屋に行きませんか。このままだと、あの人、再起できなくなるんじゃないのかな」

松丸が心配そうに言った。

百面鬼は、見城の裏稼業の相棒だった。見城は甘いマスクの持ち主で、腕っぷしも強い。優男(やさおとこ)に見えるが、性格は男っぽかった。女たちに言い寄られるタイプだ。

そんなことから、見城は情事代行人も務めていた。彼は夫や恋人に棄(す)てられた男運の悪い女たちをベッドで慰め、一晩十万円の謝礼を受け取っている。そのサイドビジネスで、毎月五、六十万円は稼いでいた。

しかし、見城は恋人の帆足里沙を死なせてからは自宅兼オフィスに籠(こも)りがちだった。表稼業はもちろん、二つの裏仕事もやっていない。

酒浸(びた)りの毎日だった。その塞ぎ込みようは痛々しいほどだ。それほど里沙の存在は大きく、見城の張りになっていたのだろう。

「ね、見城さんの様子を見に行こうよ」

「わかった。松、先に渋谷に行っててくれ。おれも追っつけ見城ちゃんの家（ヤサ）に行く」

百面鬼は電話を切り、久乃に出かける理由を語りはじめた。

2

エレベーターが停止した。

八階だった。渋谷区桜丘町にある『渋谷レジデンス』だ。

百面鬼は函（ケージ）から出た。見城の自宅兼オフィスに急ぐ。

あと数分で、午後十時になる。すでに松丸は見城の部屋にいるだろう。

八〇五号室に着いた。ドアはロックされていない。

「見城ちゃん、おれだよ」

百面鬼は勝手にドアを開け、室内に入った。

間取りは１ＬＤＫだ。靴を脱ぎ、居間に向かう。

事務フロアを兼ねたリビングは仄暗（ほのぐら）かった。見城は長椅子にだらしなく凭（もた）れ、バーボンウイスキーをラッパ飲みしていた。

松丸はリビングソファに腰かけている。困惑顔だ。見城とまともな会話ができなかったのだろう。

「見城ちゃん、ちゃんと飯喰ってんのか？　酒だけじゃ、体が保たねえぞ」

百面鬼は言いながら、松丸のかたわらのソファにどっかと坐った。見城は目が合っても、何も言わなかった。

伸び放題の無精髭は整ったマスクに不似合いだった。頬の肉が削げ落ち、まるで病人だ。見るからに痛々しい姿だった。悲しみは少しも薄れていないようだ。

「見城ちゃんよ、死んだ人間はもう還ってこないんだ。里沙ちゃんの死はショックだったろうが、そろそろ悲しみを乗り越えねえとな」

「百さん、おれはどうすればいいんだ？　教えてくれないか」

見城が縋るように言った。

「とりあえず、浮気調査でも引き受けろや。塒に閉じ籠ってたら、空回りするだけだぜ。何かに没頭してりゃ、悲しみとショックは少しずつ薄れると思うよ」

「おれの気持ちは、他人にはわかってもらえないだろう。里沙はおれとつき合ってなかったら、殺されずに済んだんだ」

「それはそうだろうがさ」

「里沙は、おれが追い詰めた悪党どもに拉致(らち)されて、ひどい目に遭(あ)わされた」

「そうだったな。久乃も人質に取られた。二人は素っ裸にされて、麻縄(あさなわ)できつく縛(しば)られてたよな」

「そのDVDが敵から届けられたとき、おれは気が変になりそうになったよ」

「おれだって、久乃の惨(みじ)めな姿を思い描いただけで、怒りで全身が熱くなったよ。敵の奴らに殺意も覚えたな」

「だろうね。おれたちは二人の命を救いたい一心で、心ならずも敵の命令に屈(くっ)してしまった」

「癪(しゃく)だったがな。そして、このおれまで敵の手に落ちちまった。里沙ちゃんと久乃が廃工場で辱(はずか)しめられてるのを見ても、おれは何もしてやれなかった。そんなとき、見城ちゃんが救(たす)けにきてくれた」

「おれはヤー公から奪い取ったノーリンコ54で、迷わず二人の男の肩を撃った。残りのひとりを蹴りで倒して、コルト・ディフェンダーを奪った。だが、中国製トカレフを捨てたとき……」

「里沙ちゃんをレイプしかけてた奴が懐(ふところ)からベレッタを取り出して、見城ちゃんをシユートしようとした。それで里沙ちゃんはそっちを庇って、撃ち殺されることになってしまった」

「里沙はおれに、逃げてと言って息絶えたんだ」

「一瞬の出来事だったよな。久乃は性的ないたずらこそされたが、無傷で見城ちゃんに救ってもらえた。おれはそっちが気の毒で、慰めようもなかったよ」

百面鬼は天井を仰ぎ見た。

「裏仕事なんかしてなきゃ、里沙を死なせずに済んだんだ。いや、おれが油断してたのが悪いんだな。敵の動きを注意深く見てれば、あんなことにはならなかっただろう」

「見城ちゃん、自分を責めるのはもうやめろって。どんなに悔やんだって、里沙ちゃんの命は蘇らねえんだから」

「わかってるよ、そんなこと。わかってる！」

見城が空になったブッカーズのボトルを床に投げ捨て、頭の髪を掻き乱した。

重苦しい沈黙が落ちた。

二分ほど経ったころ、松丸が見城に話しかけた。

「里沙ちゃんは若死にしたけど、思い残すことはなかったでしょう。惚れ抜いた男と濃密な日々を過ごして、その相手に命を捧げることができたんすから」

「子供っぽい慰め方はやめてくれっ」

「そういう言い方はないと思うっすよ」

「里沙はもっともっと生きたかったにちがいない。まだ二十九歳だったんだぞ。そんな短い生涯で満足できるわけないだろうが！　おれが里沙を殺したようなもんだ」

「見城さん、それは違うっすよ。また怒鳴(どな)られるかもしれないけど、里沙ちゃんにはそれだけの寿命しかなかったんでしょう」

「………」

見城は押し黙ったままだった。

「いつまでも悲しみに打ちひしがれてたら、里沙ちゃんは浮かばれないんじゃないっすか。彼女は、見城さんのために死ぬことも厭(いと)わなかったのだから。里沙ちゃんの分まで見城さんは逞(たくま)しく生きるべきだと思うな」

「松(まつ)ちゃん、ずいぶん偉そうなことを言うじゃないかっ」

「生意気だったっすか？」

「ああ、ちょっとな。そっちは、おれよりもずっと年下なんだ。説教じみたことは言ってほしくないね」

「気に障(さわ)ったんだったら、謝ります。ごめんなさい」

松丸が素直に詫(わ)びた。それでも見城は、何か不服そうだった。

「見城ちゃん、松(まつ)に突っかかったって仕方ねえだろうがよ」

百面鬼は見かねて、口を挟んだ。

「別に突っかかったわけじゃない」

「おれには突っかかったように感じられたぜ。見城ちゃん、ずっと自分を責めつづけたからって、なにも解決しねえぞ。そんなふうにうじうじしてたら、死んだ里沙ちゃんが悲しむだろう。そっちは優男タイプだけど、性格は漢(おとこ)そのものなんだから、もっとカラッといこうや」

「おれのことは放っといてくれ」

「そうはいかねえよ」

「なんで？」

「おれたちは仲間じゃねえか。仲間の誰かが塞(ふさ)ぎ込んでりゃ、気になるもんだ。これから三人で、『沙羅(さら)』に行こうや。陽気に飲みゃ、気持ちも明るくなるって」

「二人で行ってくれ。おれは、ここにいたいんだ。かすかに里沙の残り香が漂ってる気がして、どこかに出かける気になれないんだよ」

「彼女が死んで半年以上も経ってるんだ。残り香なんて、とうに消えただろう。里沙ちゃんのことばかり考えてると、いまに精神のバランスを崩しちまうぞ」

「いっそそうなってほしいよ。おれは里沙に償うこともできない。もう彼女は、この世にいないんだから」

「里沙ちゃんの魂に償えばいいんだよ。これまでと同じように生きることが償いになるだろうし、最大の供養になるんじゃねえのか。おれは、そう思うぜ」

「そんな単純な話じゃないよ」

見城が顔をしかめ、ロングピースをくわえた。ライターを持つ手が小刻みに震えている。酒浸りの日々を過ごすうちに、アルコール依存症になってしまったのか。

「気晴らしに三人で温泉にでも行くか。松、どうだ？」

百面鬼は盗聴器ハンターに顔を向けた。

「いいっすね。草津温泉あたりで、一週間ぐらいのんびりすれば、気分がリフレッシュするでしょう」

「草津かよ。なんか年寄りっぽいな。どうせなら熱海で、お座敷コンパニオンたちと馬鹿騒ぎしようや」

「そういう遊びをするとなると、金がだいぶかかりそうっすね」

「松、銭のことは心配すんな。見城ちゃんが元気になるんだったら、三百だって、四百だって吐き出さあ」

「えっ、珍しいこと言うね。『沙羅』では、いつも見城さんとおれのキープボトルを無断で空けてる男が」

「他人(ひと)の酒はうめえんだよ。女についても同じことが言えるな。それはともかく、ちょいと懐があったけえんだ。旅費はもちろん、花代もおれが奢(おご)らあ。松、いい割烹(かっぽう)旅館か料亭を見つけといてくれ」

「了解！」

松丸がおどけて敬礼した。百面鬼は笑い返した。

そのとき、見城が暗く沈んだ声でどちらにともなく言った。

「おれは、どこにも行かない。何もしたくないんだ」

「塒(ねぐら)に引き籠(こも)ってたら、ほんとに頭(ペテン)がおかしくなっちまうぞ。見城ちゃん、駄々(だだ)っ子(こ)みてえなことを言うなよ」

「百(どう)さんや松ちゃんには悪いが、おれは気分を変えたいと思っちゃいない。たった半年かそこらで里沙のことを忘れたら、罰(ばち)が当たるだろう」

「別に里沙ちゃんのことを忘れろなんて言ってねえだろうが！」

百面鬼は言い返した。見城が反論しかけたが、口を噤(つぐ)んでしまった。

「見城ちゃんの心の中には里沙ちゃんが棲みついてるんだろうから、彼女のことを忘れるはずはない。それでいいんだよ。そっちは生きてるんだ。酒喰らって沈み込んでたら、死んだ里沙ちゃんががっかりするだろう。以前の見城ちゃんは、いつだって颯爽としてたじゃねえか」

「里沙は、誰よりも大切な女だったんだ。いろんな女とつき合ったが、里沙以上の女はどこにもいやしなかった。おれは心と体を半分失ったような気持ちなんだよ。そう簡単には立ち直れないって」

「だからって、引き籠ってばかりいたら、精神衛生によくねえよ。とにかく、『沙羅』に行こうや」

百面鬼は強く誘った。

見城が黙って首を横に振り、短くなった煙草の火を乱暴に揉み消した。灰皿は吸殻で一杯だった。また、重苦しい空気が流れた。

数分が過ぎたとき、見城が沈黙を突き破った。

「横になりたいんだ」

「それ、帰れって意味か？」

「そうしてもらえると、ありがたいな。昨夜は一睡もできなかったんだよ」

「見城ちゃん、気弱になりすぎてるぞ。おれたちはそっちのことが心配だから、わざわざ……」

「優しさの押し売りは、ごめんだな。うっとうしいんだ」

「そんな言い種があるかよっ」

思わず百面鬼は、声を張ってしまった。すると、松丸が執り成した。

「見城さんは自分を持て余すほど辛いんだと思うな」

「としても、仲間の厚意を感じ取れねえようじゃな」

「やめなよ、突っかかるのは。百さん、もう帰ろう」

「ああ、そうしよう」

百面鬼は先に立ち上がって、玄関ホールに向かった。松丸が見城に何か言い、すぐに従いてきた。

二人は見城の部屋を出ると、無言でエレベーターに乗り込んだ。百面鬼は函が下降しはじめると、松丸に話しかけた。

「ちょっと『沙羅』に寄ってくか？」

「いいっすよ」

松丸は即座に同意した。

二人はマンションを出ると、おのおのの車に乗り込んだ。松丸は買い換えたばかりのエルグランドの運転席に入った。車体の色はグレイだった。

二台の車は青山に向かった。

馴染みのジャズバー『沙羅』は、南青山三丁目の裏通りにある。店にCDプレーヤーはない。BGMに使われているのは、すべて古いLPレコードだった。

経営者の洋画家は変人で、流行りものは頑として受け容れようとしない。無愛想でもあった。客と目が合っても、にこりともしなかった。道楽半分で商売をしているからか、めったに店には現われない。月に一、二度、顔を出す程度だ。
六、七分で店に着いた。
百面鬼たちは車を路上に駐め、地下一階にある酒場に入った。オーナーは変人だが、店の雰囲気は悪くない。渋い色で統一されたインテリアは小粋だ。

左手にボックス席が三つあり、右手にはL字形のカウンターが延びている。常連客の広告マンたちが三人、奥のボックス席でウイスキーの水割りを傾けていた。BGMはチコ・ハミルトンのナンバーだった。

百面鬼は松丸とカウンターに並んで腰かけた。無口なバーテンダーが会釈した。

「松のオールドパーを空けちまおう」

百面鬼は大声で言って、葉煙草に火を点けた。

「いつも、これだもんな。たまには自分のボトルをキープしなさいよ。金回りがいいみたいなことを言ってたよね？」

「銭にゃ困ってねえ。けど、おれは本当に他人の酒が好きなんだよ。だから、ボトルをキープしねえんだ。それに、おれは松の肝臓を労ってやってんだぞ。スコッチは口当たりがいいから、つい飲み過ぎちまう。それで、肝臓をやられる」

「肝臓を労ってやるって台詞、しょっちゅう見城さんに言ってたっすよね」

「そうだったっけ？」

「とぼけちゃって。そうやって、いつも只酒飲んでる」

「松、セコいこと言うんじゃねえよ」

「どっちがセコいんだか……」

「ま、いいじゃねえか。それより、まだ裏ＤＶＤのコレクションをやってんのか？」

「うん、まあ」

「おまえもおかしな野郎だな。裏ＤＶＤを千枚以上も集めて、わざわざマンション型のトランクルームを借りて保管してあるんだからさ」

「中野の自宅マンションはワンルームだから、収納場所がないんすよ」

「観終わったDVDは、どんどん処分すりゃいいだろうが」

「そんなもったいないことできないっすよ」

松丸が言った。

「たまには生身の女とホテルに行けや」

「女性不信の念がまだ完全には消えてないすからね」

「で、男好きになったわけか」

「同じことを何度も言わせないでほしいな。彼女はいないけど、おれ、同性愛者じゃないっすよ」

「若いのに、セックスフレンドがいないのは、それだからにちがいねえ」

「勝手に決めつけないでよ」

「いいんだって、別に隠さなくても。異性愛だけが恋愛じゃねえ。おれは、女一本槍だけどな」

百面鬼は言って、長くなった葉煙草の灰を指ではたき落とした。

ちょうどそのとき、バーテンダーが飲みものを運んできた。松丸はウイスキーの水割りで、百面鬼はオン・ザ・ロックだった。

「いまのままじゃ、見城さん、本当に再起できなくなるんじゃないのかな。おれ、それが心配なんすよ」

「もう少し時間が経てば、見城ちゃんは元気になるだろう。今夜は二人で飲もうや。松、遠慮なく飲ってくれ」

「おれのスコッチでしょうが！」

松丸が呆れ顔で肩を竦めた。

二人は取り留めのない話を交わしながら、グラスを重ねた。しかし、なんとなく盛り上がらなかった。松丸は四杯目のグラスには、ほとんど口をつけようとしない。

なんだか飲み足りない。別の店で、しんみりと飲む気になった。

百面鬼は先に店を出て、数軒先にあるショットバーに向かって歩きだした。

悲しみに沈んでいる見城をなんとか元気づけたかった。彼は、大事な悪友だ。百面鬼は無力な自分を罵りながら、足を速めた。

3

居心地が悪い。

客は若いカップルばかりだった。ショットバーだ。

百面鬼は三杯目のジン・ロックを飲み干すと、洒落たスツールから腰を浮かせた。十一時数分前だった。

帝都ホテルに戻って、おとなしく寝るか。

百面鬼はエレベーターホールに向かった。ショットバーは、飲食店ビルの七階にある。

ほどなく百面鬼はエレベーターに乗り込んだ。無人だった。

下りはじめた函が三階で停まった。二十五、六歳の女がケージに乗り込んできた。妖艶な美女だった。グラマラスでもあった。

扉が閉まると、女は壁面に凭れかかった。

目の焦点が定まっていない。体も不安定に揺れている。しかし、酒臭くはなかった。

何か薬物でラリっているようだ。このまま別れるのは、なんだか惜しい。

百面鬼は、無言でセクシーな美女の片腕をむんずと摑んだ。女が身を強張らせる。

「な、何なんですか？」

「あんた、覚醒剤か何か薬物を体に入れたな」

「わたし、ドラッグなんかやってませんよ」

「嘘つくなって。ラリってるじゃねえか。おれは刑事なんだ」

百面鬼は告げて、ＦＢＩ型の警察手帳を短く呈示した。警察手帳は各地元のメーカーに注文することが多い。しかし、サイズや色は統一されている。

「手を放してください。わたし、本当に麻薬には手を出してません」

「ちょっと職務質問させてもらうぞ。名前は？」

「小倉です」

「下の名は？」

「亜由です」

「小倉亜由か。いい名だな。年齢は？」

「二十六歳です」

「職業は？」

「OLです。刑事さん、ちょっと待ってください。わたし、本当に法に触れるようなことは何もしてませんよ。だから、犯罪者扱いしないで」

亜由と名乗った女が全身を捩った。百面鬼は手を放した。

そのとき、函が一階に着いた。扉が左右に割れると、亜由が逃げる素振りを見せた。

百面鬼はエレベーターホールで、ふたたび亜由の片腕を捉えた。

「なんで逃げようとした？」

「怕くなったからです。あなた、偽刑事なんでしょ？　どう見ても、やくざにしか見えないもの」

「さっき顔写真付きの警察手帳を見せたじゃねえか。ちょっと所持品検査と身体検査をさせてもらうぞ。ここじゃ人の目もあるから、別の場所でチェックしようか」

「わたし、警察に連れていかれるんですか？」

亜由が不安顔で問いかけてきた。百面鬼は無言のまま、亜由を引っ立てはじめた。覆面パトカーまで歩かせ、助手席に坐らせる。

「わたし、何もいけないことはしてません。だから、ここで解放してください」

亜由が哀願口調で訴えた。

「手間は取らせないよ」

「でも……」

「いいから、いいから」

百面鬼はクラウンを発進させた。四谷に高級ラブホテルがある。

そのホテルに乗りつけ、色っぽい美女を一室に連れ込む。ダブルベッドを見ると、亜由が訝しげな表情になった。

「なんで、こんな所にわたしを!?」

「ここなら、人目につかないと思ったわけさ。まずハンドバッグを見せてもらおうか」

百面鬼は右手を差し出した。

亜由が少しためらってから、茶色いハンドバッグを百面鬼に渡した。百面鬼は中身を検めた。財布、運転免許証、携帯電話、部屋の鍵、化粧道具、ポケットティッシュが入っているだけで、麻薬の類はなかった。

百面鬼は、亜由の運転免許証を見た。氏名と年齢に偽りはなかった。現住所は都内になっていた。

「薬物なんか持ってなかったでしょ？」

「まだわからない。両手を飛行機の翼みたいに水平に伸ばしてくれ。身体検査だ」

「わたし、何も隠し持ってませんっ」

「言われた通りにしないと、公務執行妨害罪になるぞ」

「職権濫用なんじゃありませんか」

亜由は頰を膨らませながらも、命令には逆らわなかった。

百面鬼はハンドバッグをコーヒーテーブルの上に置くと、スーツの上から亜由の体を探りはじめた。肢体は肉感的だった。体を両手で撫で回していると、不意に百面鬼は欲情を催した。瞬く間に性器が頭をもたげた。久しぶりの反応だった。

この相手なら、喪服なしでもセックスできるかもしれない。何がなんでも抱いてみたくなった。百面鬼は期待に胸を膨らませた。身勝手な考えだが、欲望を抑えられなかった。相手の人格を踏みにじっていることに対しては、さすがに後ろめたさを覚えていた。それでいて、理性は働かなかった。刑事失格どころか、犯罪者そのものだ。冷酷だが、もうブレーキは踏めなくなっていた。

「もういいでしょ?」

「素っ裸になってくれ」

「正気なんですか!?」

「パンティーの中にドラッグを隠してるケースもあるんだよ」

「わたしを信じて。薬物なんか絶対に所持してません」

「あんたはそう言うが、薬物でラリってる様子だ。おれの目はごまかせないぞ」

「実はわたし、会社の同僚と食事をして別れた後、二人組の男に無理やり車に乗せられて、さっきの飲食店ビルの中に連れ込まれたんです。三階の『ソフィア』という潰れたスナックに監禁されて、何か錠剤を強引に服まされました」

「もっともらしい作り話だな」

「作り話なんかじゃありません。その錠剤を服まされて五分ほど経つと、わたしは急に意識が混濁してしまったの。ふと我に返ると、ボックスシートに寝かされていました」

「男たちの姿は？」

「二人ともいなくなってたの。多分、わたしは強力な睡眠導入剤を服(の)まされたんだと思います」

「性的な暴行は？」

「体は穢(けが)されていませんでした」

亜由が答えた。

「話がどうも不自然だな。二人組はそっちを眠らせたのに、レイプもしてねえってか？」

「はい。着衣は乱れていませんでしたし、下腹部にも異変は感じられませんでした」

「金は？」

「一円も奪(と)られていません」

「男たちの目的は、セックスでも金でもなかったとなると、ますます嘘っぽいな」

「嘘なんかじゃありません」

「一応、裸になってくれねえか」

「いやです」

「何か危(ヤバ)い物を隠し持ってるから、服を脱ぎたくないんだな。そうなんだろ？」

「そうではありません」

「だったら、堂々と裸になれるだろうが」

「そ、そんな！　わたしは女で、あなたは男性なんですよ。いくら刑事さんだって、ここで裸になるのは抵抗があります」

「なら、署に来てもらおうか。女性警官の前なら、素っ裸にもなれるだろう。もっとも女性警官だからって、安心はできないぜ。先月、覚醒剤所持で逮捕られた売れないタレントは女性警官に局部と肛門の中まで指で探られたからな」

百面鬼は思いついた嘘を澱みなく喋った。亜由が思案顔になった。

「どうする？　おれは、どっちでもいいんだ」

「こんなことって……」

「さっきの二人組の話が事実かどうかは別にして、そっちが何か麻薬を体に入れたことは間違いないだろう。しかし、無理におかしな錠剤を服まされたんだったら、大目に見てやってもいいよ。ただし、裸になって身体検査をさせてくれたらって条件付きだがな」

「わかりました」

亜由が意を決したように言い、くるりと後ろ向きになった。それから彼女は衣服を脱ぎ、ブラジャーとパンティーも取り除いた。

裸身は神々しいまでに白かった。蜜蜂のような体型だ。ペニスが疼いて、亀頭が膨らむ。

「ベッドに仰向けになってくれ」

百面鬼は指示した。

亜由が身を横たえ、片腕で顔面を覆い隠す。百面鬼はベッドに歩み寄って、亜由の裸体を見下ろした。

砲弾型の乳房は少しも形が崩れていない。淡紅色の乳首は、ほどよい大きさだった。下腹はなだらかで、飾り毛は逆三角形に生えている。ぴたりと閉じ合わされた腿は悩ましかった。

「両脚を思いっ切り開いてくれ」

「そんな恥ずかしいこと、で、できません」

「局部に覚醒剤のパケを隠してる女もいるんだよ」

「わたし、そんな物は入れてません」

「それをチェックしてえんだ。拒んだら、女性警官に体のあちこちをいじくり回されることになるぞ。それでもいいのか？」

百面鬼は亜由の足許に回り込んだ。

亜由が恥じらいながら、少しずつ股を開く。ローズピンクの合わせ目が露になった。ほとんど同時に、下腹部が反応した。

この女が相手なら、きっとノーマルな行為ができるにちがいない。百面鬼は何か確信めいたものを覚え、ベッドに這い上がった。亜由が身を硬くする。

「ちょっと失礼するぜ」

百面鬼は人差し指と中指に唾液をまぶすと、亜由の秘部に二本の指を突き入れた。亜由が腰を引き、両腿をすぼめた。

「そんなこと、やめてください！」

「パケが奥にあるかどうか指で検べてるだけだよ」

百面鬼は右手の指を動かしながら、左手で急いで男根を掴み出した。角笛のように反り返っていた。犯罪行為だが、もはや待ったが利かなかった。卑劣であることは自覚していたが、どうしても欲情を抑えられない。

亜由は両腕を目許に当てている。百面鬼は二本の指を引き抜くと、猛った性器を素早く埋めた。潤みは少なかったが、挿入は可能だった。

「あっ、やめて！　離れてください」

亜由が驚き、全身で暴れた。だが、所詮は女の力である。百面鬼の体は、ほんの少し揺らいだだけだった。

「刑事さんがそんなことをしてもいいんですかっ」

「あんたの大事なとこに、パケが入ってた。抜き取ったパケには目をつぶってやろう」

「でたらめ言わないで。あなたを強姦（現・強制性交等）罪で訴えてやるわ」

「好きなようにしなよ。おれは署長の弱みを握ってるんだ。手錠掛けられるようなことにはならねえだろう」

「最低だわ。やくざ以下じゃないの。あなたを軽蔑するわ」

亜由が息巻き、下唇を噛んだ。百面鬼は何も言えなかった。人の道を大きく逸していた。蔑まれるのは当然だろう。

百面鬼はもがく亜由を組み敷きながら、ワイルドに動いた。突き、捻り、また突く。

「お願いだから、もうやめてちょうだい」

「悪いが、もう少しつき合ってくれ」

「離れて！」

亜由が叫んだ。

百面鬼は動きつづけ、射精直前に分身を引き抜いた。

迸った体液は亜由の恥毛を汚した。亜由が両手で顔を覆って、しくしくと泣きはじめた。

百面鬼はティッシュペーパーを五、六枚抜き取り、先に亜由の体を拭った。それから、自分の後始末をする。

やはり、思った通りだった。ノーマルなセックスができた。自然と口許が綻ぶ。

百面鬼は相手の人格や自尊心を無視したことを悔みながらも、ある種の感動を覚えていた。同時に、しばらく亜由を手放したくないと切実に思った。

「世の中、信じられなくなったわ」

亜由が涙声で呟いた。

「強引に姦ってしまって悪かったな。そっちは救いの女神だ。感謝してるよ」

「救いの女神ですって!?」

「ああ。おれには、ちょっとした欠陥があってな」

百面鬼は、喪服の力を借りなければセックスできないことを告白した。

「だからって、わたしを実験台にするなんて、あんまりだわ」

「その通りだな。返す言葉がないよ。謝って済むことじゃない。確かに惨いことをしたよな。けど、おれはまた、あんたとセックスしたいと思ってる」

「ふざけないで。冗談じゃないわ」

「そっちが怒るのは無理もない。でも、おれは自信を取り戻したいんだ。ノーマルなセックスができる男になりたいんだよ。一回三十万円の迷惑料を払ってもいい」

「わたしは娼婦じゃないわ。それに、交際してる男性もいるのよ」

「そいつには内緒にしておいてくれないか」

「身勝手な男ね。いい加減にして！」

亜由が憤り、半身を起こした。

そのとき、部屋のドア・ロックが外された。亜由が羽毛蒲団で裸身を隠し、不安げな眼差しを向けてきた。

「ホテルの従業員がうっかり部屋を間違えたんだろう」

百面鬼はスラックスのファスナーを引っ張り上げ、ダブルベッドから降りた。

そのすぐ後、ゴリラのゴムマスクで顔を隠した二人の男が室内に躍り込んできた。どちらも中肉中背だった。

「おまえ、鍋島和人じゃないのか？」

片方の男が、くぐもり声で百面鬼に確かめた。

「鍋島だって!?　おれは別人だ」

「本人じゃないなら、友達だな。鍋島の友達なら、奴から何か預かってるんじゃないのか」

「なんの話をしてやがるんだ」

百面鬼は首を傾げた。ややあって、黙っていた相棒がだしぬけにコマンドナイフを引き抜いた。刃渡りは十四、五センチだった。

男が走り寄ってきて、ナイフを一閃させた。白っぽい光が揺曳する。明らかに威嚇だった。切っ先は、百面鬼から一メートル近くも離れていた。

コマンドナイフが男の手許に引き戻された。

百面鬼は前に踏み出した。相手がぎょっとして、刃物を突き出す。百面鬼は男の利き腕を片手で押さえ、大腰で投げ飛ばした。

相手が腰を強く打ちつけ、長く唸った。百面鬼はコマンドナイフを奪い取り、刃先を相手の頸動脈に当てた。

「何者なんでえ」

「おい、何をしてるんだっ」

男が相棒を急かした。もうひとりの男が慌てて腰の後ろから、三十八口径のマカロフを摑み出す。

旧ソ連製の軍用銃だ。十数年前からロシアの極東マフィアがマカロフを日本の暴力団に流している。当然、中国製マカロフのノーリンコ59よりも値は張る。

「ナイフを相棒に返さねえと、頭を吹っ飛ばすぞ」

男がマカロフのスライドを滑らせた。

百面鬼は薄く笑って、コマンドナイフを軽く引いた。尻餅をついている男が悲鳴をあげた。首筋に赤い線が走っている。鮮血だ。

「てめえこそ、マカロフを捨てな。もたもたしてると、相棒の首から派手な血煙が上がるぜ」

百面鬼は拳銃を握っている男に言った。男がマカロフの銃口を下げ、困惑顔になった。

「その男性(ひと)は刑事さんよ」

亜由が百面鬼を指さしながら、二人の暴漢に告げた。すると、マカロフを持った男がいきなり発砲した。とっさに百面鬼は身を伏せた。放たれた銃弾は壁のプリント合板を穿(うが)った。銃声は、それほど大きくなかった。

「早くこっちに来い!」

マカロフを持った男が焦(じ)れた声で相棒を促(うなが)した。ナイフを使った男が這いながら、ドアに向かった。

「てめえら、銃刀法違反で現行犯逮捕だ」

百面鬼は身を起こした。

次の瞬間、二発目が発射された。百面鬼は横に転がった。銃弾は頭上を掠めた。二人組が部屋から飛び出していった。

百面鬼は二人を追って、表に走り出た。すでに、男たちの姿は掻き消えていた。

どこかのチンピラだろう。百面鬼はそう思いながら、部屋に駆け戻った。亜由は寝具の中で震えていた。百面鬼はベッドに浅く腰かけた。

「逃げた二人に見覚えは？」

「ゴムマスクを被ってたんで断定はできないけど、わたしを拉致した二人組じゃないと思うわ。声が違ってたから」

「そっちが潰れたスナックに連れ込まれたって話は事実なのか？」

「ええ、もちろん！」

「鍋島和人って名に聞き覚えは？」

「ええ、あるわ。鍋島さんは、わたしが交際中の男性よ」

「そいつは何をやってるんだい？」

「鍋島さんは『北斗フーズ』という会社のバイオ食品研究所の研究員なの。でも、ちょうど一週間前に忽然と姿をくらましてしまったのよ」

亜由が答えた。

「どういうことなんだ？」

「バイオ食品研究所の人たちの話によると、どうも鍋島さんは未申請の特許技術の開発データを無断で職場から持ち出した疑いがあるらしいの。わたしは鍋島さんがそんなことをするはずはないと思ってるんだけど」

「その鍋島のことを詳しく話してみてくれ」

百面鬼は強請の材料を摑めるかもしれないと判断し、亜由に顔を向けた。

「彼は早明大学理工学部の大学院を出て、すぐに『北斗フーズ』のバイオ食品研究所に入ったの。年齢は二十九歳よ」

「鍋島の画像、携帯に入ってるんじゃねえのか？」

「いいえ。でも、自宅のアルバムには何枚か貼ってあるわ」

亜由はそう言うと、左の腋の下に手をやった。

「痒いのか？」

「ううん。何か痼りのようなものがあるの。二人組に襲われる前までは異物感なんかなかったのに」

「ちょっと見せてくれ」

百面鬼は亜由の左腕を高く挙げさせ、腋の下を覗き込んだ。表皮のすぐ下に、マイクロチップ状の物が埋まっていた。

「何か埋まってるの？」

「ああ。おそらく意識を失ってる間に、『ソフィア』って潰れたスナックでマイクロチップ型GPSを埋め込まれたんだろう」

「なぜ、そんな物をわたしの体に？」

「そっちに妙な錠剤を服ませたという男たちは、失踪中の鍋島がいずれ恋人と接触すると推測したにちがいない。だから、そっちの体にマイクロチップ型GPSを埋めたんだろう。鍋島があんたと会ったら、特許技術の開発データを横奪りする気なんじゃないか。あるいは『北斗フーズ』のバイオ食品研究所が荒っぽい奴らを雇って、持ち出された特許技術の開発データを取り戻そうとしてるのかもしれねえな」

「そうなのかしら？」

「まだ傷口が塞がり切ってないな。ちょっと痛むかもしれねえけど、我慢してくれ」

「埋まってる物を揉み出す気なの!?」

亜由の声は裏返っていた。

「そうだ。GPSの端末をそのままにしておくと、そっちはおかしな男たちにずっと尾(つ)けられることになる。それでもいいのか？」

「いやよ、そんなの」

「だったら、歯を喰いしばってろ」

百面鬼は言って、亜由の腋の下に埋まっている物を両手で揉み出した。やはり、極小マイクロチップ型GPSだった。一センチ四方だろうか。

「それ、どうする気なの？」

「おれが持ち歩いておびき寄せ、そっちをスナックに監禁した二人組の正体を突きとめる。ついでに、行方のわからない鍋島とかいう彼氏のことも非公式に調べてやるよ」

「わたしをレイプした罪滅(ほろ)ぼしをしたいってわけ？」

「それもあるが、あんたともっと親しくなりてえんだ。おれの歪(いびつ)な性欲を治せるのは、あんたたけだろう。おれの望みを叶(かな)えてくれるんだったら、どんなことでもする」

「どんなことでも？」

「ああ。そっちが望むことなら、なんだってやるよ。極端な話、人殺しだってな。どうだい？」

「シャワーを浴びながら、考えてみるわ」

亜由がベッドを滑り降り、浴室に向かった。くりくりと動くヒップが煽情的だった。

百面鬼はマイクロチップ型GPSを上着の胸ポケットに突っ込むと、葉煙草をくわえた。

4

覆面パトカーのクラウンを停める。

小倉亜由の自宅マンションの前だ。午前一時を過ぎていた。

三階建ての低層マンションは目黒区中根二丁目にあった。東急東横線の都立大学駅の近くだった。

「そっちの彼氏の写真を借りてえんだ」

百面鬼は助手席の亜由に言った。

「わたしの部屋で、おかしなことはしないって約束してくれる？」

「もうタンクは空っぽだから、組み敷いたりしないよ」

「それなら、一緒に来て」

亜由が先に車を降りた。表情は、だいぶ和らいでいた。歩き方も、しゃんとしている。

強引に服まされたという錠剤の効き目がなくなったのだろうか。

百面鬼はクラウンを路肩に寄せ、急いで外に出た。月明かりで、たたずんでいる亜由の姿がくっきりと見えた。整った顔には色香がにじんでいる。彼女の裸身が脳裏に蘇った。下腹部が熱くなりそうだった。

「何をぼんやりしてるの。早く来て！」

亜由が小声で言い、手招きした。

百面鬼は大股で亜由に近寄った。亜由の部屋は二〇二号室だった。低層マンションにエレベーターはない。二人は階段を使って、二階に上がった。

両隣の部屋は暗かった。亜由がハンドバッグから部屋の鍵を取り出し、手早くロックを解除した。

間取りは1DKだった。室内には、甘い香りが漂っていた。

百面鬼はコンパクトなダイニングテーブルの椅子に坐らされた。亜由が奥の部屋に移り、カラーボックスに足を向けた。反対側には、シングルベッドとチェストが並んでいる。ベランダ側には、CDミニコンポとテレビが置いてあった。

質素な部屋だ。家賃を払ったら、たいした額の生活費は手許に残らないのだろう。百面鬼は一瞬、亜由に小遣いを渡す気になった。

しかし、すぐに思い留まった。金を与えたら、亜由のプライドを傷つけることになるだろう。

別に彼女に恋愛感情を懐いたわけではなかったが、極力、気分を害したくなかった。亜由の機嫌を損ねたら、もう肌を重ねることができなくなってしまう。百面鬼は、それを恐れた。

喪服の力を借りなくても女を抱けたのは、ただの偶然に過ぎなかったのかもしれない。もっと回数を重ねたとしても、自分の困った性癖がなくなるという保証もなかった。それでも、しばらく亜由を繋ぎとめておきたい。実に利己的な考えだが、性的にノーマルになりたいという思いが強かった。

少し待つと、部屋の主がダイニングキッチンに戻ってきた。白いアルバムを手にしている。亜由は向かい合う位置に坐ると、ダイニングテーブルの上でアルバムを開いた。

百面鬼はアルバムを覗き込んだ。亜由が一葉のカラー写真を引き剝がした。印画紙の中には二十八、九歳の知的な容貌の男が写っていた。

「写真の男が鍋島だな？」

「ええ。この写真、あなたに預けるわ」

「そうしてもらえると、ありがたいな」

百面鬼は上着の内ポケットから手帳を取り出し、鍋島の写真を挟んだ。

「彼は特にお金に困ってるふうには見えなかったの。だから、未申請の特許技術の開発データを持ち出して、それを売るつもりだったとは思えないんです」

「バイオ食品研究所では、彼氏、どんな評価をされてたんだ？」

「研究員たちとはうまくいってたようだし、所長の徳大寺秋彦さんには鍋島さんは目をかけてもらってたはずよ」

「その徳大寺所長のことをもう少し詳しく話してくれねえか」

「徳大寺さんは五十歳で、鍋島さんと同じ大学院の博士課程を出てるの。インテリ然とした顔立ちなんだけど、とっても気さくな方よ」

「面識があるようだな」

「ええ、一度お目にかかってるわ。鍋島さんと西麻布の洋風居酒屋で飲んでたら、たまたま徳大寺所長が親会社の『北斗フーズ』の役員の方とお店に入ってきたの。そのとき、鍋島さんに所長を紹介してもらったんです」

亜由が言った。

「バイオ食品研究所は、どこにあるのかな？」

「六本木七丁目よ。都立青山霊園のすぐ近くです」

「鍋島とは、どこで知り合ったんだい？」

「西麻布一丁目にある小さな洋食屋です。わたし、同じ町内にある外資系の投資顧問会社で働いてるの」

「会社名は？」

「『W&Kカンパニー』よ。二年ほど前から同じ洋食屋で、鍋島さんとちょくちょく昼食時に顔を合わせるようになったの。それで、親しくなってデートをするようになったんです」

「鍋島とは、いずれ結婚する気なのか？」

百面鬼は畳みかけた。

「彼のことは大好きだけど、結婚するかどうかはまだわからないわ」

「鍋島は女癖が悪いのか？」

「わたしの知る限りでは浮気はしていないと思う。彼のほうは、そろそろ結婚したいと考えてるようね。だけど、わたしのほうに迷いがあるんです」

「どんな迷いがあるんだ？」

「わたし、結婚という形態にあまり拘っていないの。専業主婦になって夫に養ってもらうような生活は好きじゃないし、何よりも行動が制限されちゃうでしょ？」

「ま、そうだろうな」

「わたしは一人前のアナリストになって、自由に生きたいんです。肩肘張ったキャリアウーマンになりたいとは思ってないけど、やっぱり精神的にも経済的にも自立しつづけたいの」

「結婚なんて、それほどいいもんじゃねえよ。誰の言葉か忘れたが、結婚は人生の墓場と言ってる」

「もしかしたら、あなたには離婚歴があるんじゃない？」

亜由が言った。

「ああ、バツイチだよ。新婚数カ月で嫁さんは実家に戻っちまったんだ」

「そんなに早く別れちゃったの!?　何が原因だったの」

「よくわからねえんだ」

百面鬼は微苦笑して、ごまかした。さすがに喪服プレイを強いたことが離婚を招いたとは言えなかった。

「人間の心は不変じゃないから仕方がないんでしょうけど、半年も保たなかったとは……」

「結婚なんかしないほうがいいって。いつも新鮮な気持ちで恋愛してたほうが、男も女もハッピーなんじゃねえのか。とりあえず、鍋島と別れて、おれとつき合ってみない？」

「あら、自分を売り込んでる」

亜由がほほえんだ。ぞくりとするほど色っぽかった。

「こっちは本気なんだ」

「当分、鍋島さんと別れるつもりはないけど、今後のことは成り行きに任せましょうよ」

「なんか希望が湧いてきたな。警察手帳をちゃんと見る余裕はなかったろう？　おれ、百面鬼竜一っていうんだ」

「そう。警察手帳を見せられたけど、氏名を憶えることはできなかったわ」

「だろうな。新宿署の刑事課にいるんだが、おれは鼻抓み者だから、職場に電話をもらっても誰も取り次いでくれねえと思うよ」

百面鬼はそう言い、私用の携帯電話のナンバーを教えた。そして、亜由の携帯電話の番号を聞き出した。

「四谷のラブホテルに押し入ってきた二人組、わたしたちを尾行してたんじゃないかしら？　なんだか怖いわ」

「なら、おれが朝まで添い寝をしてやろう」

「いいえ、結構よ。戸締まりをきちんとして寝むわ」

「フラれちまったか」

「非公式の捜査は、いつから？」

「明日、いや、もう午前零時を回ってるから、きょうか。ひと眠りしたら、六本木のバイオ食品研究所に行ってみるよ」

「よろしくお願いします」

亜由が深々と頭を下げ、口を引き結んだ。

これ以上粘っても、何もいいことはないだろう。百面鬼は椅子から立ち上がり、玄関に足を向けた。

亜由に見送られ、二〇二号室を出る。彼女はすぐに内錠とチェーンロックを掛けた。その音が妙に冷たく聞こえた。

彼女は、自分を赦してくれたわけではないのか。考えてみれば、当然だろう。

百面鬼は少し感傷的な気持ちになったが、階段を勢いよく駆け降りた。クラウンに乗り込み、エンジンをかける。

その直後、携帯電話に着信があった。

久乃からの電話だった。百面鬼は携帯電話を耳に当てた。

「どうした？　何かあったのか？」

「ううん、そうじゃないの。デラックス・スウィートで独り寝をしてたら、なんだか侘しい気持ちになってきちゃったの。用事、まだ時間がかかりそう？」

「いや、いま終わったところだ。これから大急ぎで帝都ホテルに戻るよ」

「急かすような電話をかけちゃって、ごめんなさい」

「いいさ、気にすんなって」

「竜一さん、好きよ」

久乃が唐突に言った。

「なんだよ、急に」

「あなたが手の届かない所に行ってしまうような気がして、なんだか心細くなっちゃったの。わたしを棄てたりしないでね」

「何を言ってんだ。おれは久乃にぞっこんなんだぜ。棄てるわけないだろうが」

「いまの言葉、忘れないでね」

「ああ。久乃こそ、こっちに愛想尽かすなよ。おれは粗野で、品がないからな。それに、面もまずい」

「竜一さんは素敵よ。確かにワイルドだけど、根は優しい男性（ひと）だもん」

「けど、見城ちゃんほどカッコよくねえよな？」

「見城さんは切れ長の目に男の色気を感じさせるから、多くの女性に好かれると思うわ。でも、わたしはイケメンに興味ないの」

「おれは不細工ってわけだ？」

「正直に言うと、竜一さんはイケメンとは言えないわよね。でも、頼り甲斐（がい）があって、とってもカッコいいわ」

「ありがとよ。そのうち、ティファニーの腕時計を買ってやるか」

百面鬼は半分、本気だった。まだ安岡から脅し取った金が五百万円ほど残っている。

「わたし、何かおねだりしたくって、竜一さんのことを誉（ほ）めたわけじゃない。そんなふうに言われるのは心外だわ」

「腕時計のことは冗談だって」

「そうよね。ところで、その後、見城さんはどうなの？」

「相変わらず引き籠ってて、仕事もしてねえんだ。松や毎朝日報の唐津の旦那も見城ちゃんのことを心配してるんだが、当の本人が里沙ちゃんの件で自分を責めさいなんでるからな」

百面鬼は言って、吐息をついた。毎朝日報の唐津誠は共通の知人である。

唐津は四十七歳で、かつては社会部の花形記者だった。だが、離婚を機に自ら遊軍記者になった変わり者だ。

唐津は外見を飾ることには無頓着で、頭はいつも鳥の巣のようだった。服装にも関心がない。スラックスの折り目はいつも消えている。

しかし、正義感は人一倍強い。といっても、優等生タイプではなかった。唐津は見城や百面鬼の悪党狩りには目をつぶり、さりげなく必要な事件情報をもたらしてくれていた。

「見城さんは誰よりも帆足里沙さんを愛してたんでしょうね。里沙さんも彼にのめり込んでたんだと思うわ。それだから、最愛の男性を庇って自分の命を投げ出すことができたんじゃない？」

「そうなんだろう」

「あの二人みたいなカップルになれたら、もう最高ね」

「そうだな」

「竜一さん、早く戻ってきて」

久乃が先に電話を切った。

百面鬼は携帯電話を懐に収めると、覆面パトカーを発進させた。閑静な住宅街を走り抜け、目黒通りに出る。

山手通りを突っ切って間もなく、百面鬼は後続の黒いアルファードが気になりはじめた。同型で同色の車を亜由の自宅マンションのそばで見かけた記憶があった。

尾行されているのか。だとしたら、上着の胸ポケットに入っているマイクロチップ型GPSの信号を車輌追跡装置で追いながら、ずっと尾けてきたのだろう。

確かめてみることにした。

百面鬼は権之助坂の途中で、わざと覆面パトカーを左折させた。ミラーを仰ぐと、不審なアルファードは追ってきた。百面鬼は忙しく右左折を繰り返した。アルファードは執拗に追尾してくる。

やはり、尾行されていたらしい。

百面鬼は目黒通りに戻り、道なりに都心に向かった。アルファードは一定の車間距離を保ちながら、しつこく追跡してくる。

JR目黒駅の脇を通過して数百メートル進むと、右手にマンション用地が見えてきた。整地されているだけで、まだ基礎工事もはじまっていない。敷地は優に二千坪はありそうだ。品川区上大崎一丁目だった。

百面鬼はクラウンをマンション用地に乗り入れ、奥まった場所に停めた。ゆっくりと車を降り、隅まで歩く。

百面鬼は立ち小便をする振りをしながら、小さく横を見た。思った通り、黒色のアルファードもマンション用地に入ってくる。そして、出入口の近くに停まった。

百面鬼は同じ姿勢で奇襲を待った。

少し経つと、アルファードの助手席から長身の男が降りた。男は中腰で百面鬼に接近してきた。百面鬼は不審者を充分に引き寄せてから、覆面パトカーの陰に身を潜めた。屈み込むと、足許にテニスボールほどの大きさの石塊が転がっていた。

百面鬼は、その石を拾い上げた。

怪しい男は覆面パトカーの前で立ち止まり、左右をうかがいはじめた。

百面鬼はクラウンの真後ろにいた。男の立っている位置からだと、体の一部も見えないはずだ。百面鬼は急かなかった。じっと待ちつづけた。

やがて、背の高い男が運転席側から一歩ずつ近づいてきた。三十歳前後で、どことなく荒んだ印象を与える。素っ堅気ではなさそうだ。

百面鬼は石塊を投げつけた。

上背のある男が口の中で呻いて、顎のあたりを左手で押さえた。

「おれになんの用だ？」

百面鬼は車の陰から出た。

相手が数歩後退し、ベルトの下から自動拳銃を引き抜いた。デトニクスだった。コルト・ガバメントのコピーモデルの一つだが、銃身はぐっと短い。十七、八センチだろう。

「鍋島を匿(かくま)ってるんだろ？　奴はどこにいるんだっ。それから、研究所から無断で持ち出した未申請の特許技術の開発データのありかも喋(しゃべ)ってもらおう」

「おれが何者かわかってるのか？　おれは刑事だぜ」

「だから、なんだというんだっ」

「突っ張りやがって」

百面鬼は両手の指を鳴らした。

そのとき、男がスライドを引いて初弾を薬室(チャンバー)に送り込んだ。ポケットピストルだが、四十五口径である。至近距離から撃たれたら、命を落としかねない。指が引き金(トリガー)に掛かる前に勝負をつけなければならないだろう。

百面鬼は地を蹴り、長身の男に飛びかかった。

二人は縺(もつ)れ合いながら、土の上に倒れた。百面鬼が上だった。背の高い男の顔面にショートフックを叩き込み、デトニクスを奪う。

起き上がったとき、相手が両腕で百面鬼の右脚を摑んだ。百面鬼はよろけた。

弾みで、デトニクスが暴発した。乾いた銃声が夜気を裂く。銃弾は背の高い男の顔面に命中した。鮮血と肉片が四方に散った。

「おい！」

百面鬼はデトニクスを握りしめたまま、片膝を落とした。

上背のある男は、もう生きていなかった。百面鬼は、死んだ男のポケットをことごとく探った。だが、身分を証明するものは何も持っていなかった。

車の中に仲間がいるのではないか。百面鬼はアルファードに向かって猛進しはじめた。と、アルファードは無灯火のまま車の方向を変えた。そして、フルスピードでマンションの用地から走り去った。残念だが、ナンバープレートの数字は読み取れなかった。

「くそったれ！」

百面鬼は立ち止まり、足許の土塊を高く蹴り上げた。

第二章　特許技術開発データ

1

欠伸(あくび)が出た。

明らかに寝不足だった。百面鬼は葉煙草(シガリロ)を深く喫いつけた。幾分(いくぶん)、眠気が薄れた。

亜由の自宅マンションから帝都ホテルに戻ると、百面鬼は久乃と酒を酌(く)み交わした。就寝したのは明け方だった。

いま、百面鬼は六本木七丁目にある『北斗フーズ』附属バイオ食品研究所のエントランスロビーのソファに坐っている。

午後二時過ぎだった。少し前に所長の徳大寺秋彦との面会を求めた。

葉煙草をスタンド型灰皿の中に投げ入れたとき、白い上(うわ)っぱりを羽織った五十年配の男がエレベーターホールの方からやってきた。多分、所長だろう。

百面鬼はソファから立ち上がった。白衣の男が足早に近づいてきて、大声で名乗った。やはり、徳大寺だった。

百面鬼は警察手帳をちらりと見せた。

「おや、赤坂署の刑事さんではないんですね。鍋島の件でお越しになったと受付の者が申しておりましたので、てっきり……」

「新宿署の者です。実は、非公式の聞き込みなんですよ」

「話がよく呑み込めません」

「鍋島さんと交際中の女性に頼まれて、個人的に失踪者捜しをする気になったんですよ。小倉亜由さんのことはご存じでしょ？」

「ええ、面識はあります。坐って話をしましょう」

二人はテーブルを挟んで向かい合った。

百面鬼は先に口を開いた。

「鍋島さんは八日前から無断欠勤されてるんですね？」

「ええ、そうです。こんなことは初めてです」

「そうですか。鍋島さんが未申請の特許技術の開発データを無断で持ち出した疑いがあるとか？」

「その話は小倉さんから、お聞きになったんですね」

「ええ。開発データを持ち出した件は、どうなんでしょう？」

「残念ながら、事実です。詳しいことは申し上げられませんが、レトルト食品の冷凍保存技術の画期的な開発に成功したのです。研究員たちの長年の夢が実現したわけですよ」

「その特許技術を用いると、どんなメリットがあるんです？」

「賞味期限がほぼ三倍になります。それでいて、瞬間冷凍時の味をそのまま保てるようになりました」

「それは凄いな」

「『北斗フーズ』はずっと業界二位に甘んじてきましたが、新技術の導入で業界トップに躍り出ることができるだろうと喜んでいたところだったんですよ。しかし、こんなことになってしまって……」

徳大寺が肩を落とした。

「小倉さんの話だと、あなたは鍋島さんに目をかけていたそうですね」

「ええ、まあ。鍋島は大学院の後輩ですので、何かと面倒を見てやったつもりです。しかし、今度のことで裏切られたような気持ちですね」

「小倉さんは、別に鍋島さんが金に困ってるようではなかったと言ってましたが、そのへんはどうなんです？」

「恋人には見栄を張っていたのでしょう。鍋島は派手な遊びが好きなんですよ。白人ホステスだけを集めた多国籍クラブにちょくちょく通って、暴力団が仕切ってる違法カジノにも出入りしてたようです」

「遊ぶ金が足りなくなって、街金（まちきん）から借りてたのかな？」

「確かめたわけではありませんが、おそらくそうだったのでしょう。時々、研究所に金融業者から催促の電話がかかってきましたので」

「そうですか」

百面鬼は、所長と亜由の話が喰い違っていることが気になった。どちらの話が事実なのか。

「鍋島は借金の返済に困って、持ち出した開発データを業界最大手の『旭洋（きょくよう）食品』あたりに売る気になったのかもしれません」

「何か根拠でもあるのかな」

「もう一年ぐらい前の話ですが、ヘッドハンティングの会社を通じて『旭洋食品』が鍋島を引き抜こうとしたことがありました。鍋島はだいぶ心を動かされたようで、『旭洋食品』の友永亮太(ともながりょうた)専務と会食したらしいんですよ。しかし、鍋島は向こうには移りませんでした。待遇面で納得できなかったのかもしれませんね」

「そうなんだろうか」

「うちの研究所で開発した特許技術の開発データを手土産(てみやげ)にすれば、『旭洋食品』も好条件で自分を迎え入れてくれるにちがいない。鍋島は、そんなふうに考えたのでしょうか」

「徳大寺さん、ちょっと待ってください。鍋島さんが特許技術の開発データを持ち出したことがはっきりしたら、当然、刑事告発するでしょ？」

「ええ」

「だとすれば、鍋島さんを『旭洋食品』が引き抜いたら、企業イメージが悪くなると思うがな」

「なるほど、そうでしょうね。鍋島は無断で持ち出した開発データを『旭洋食品』に売って、自分でバイオ関係のベンチャービジネスでもはじめる気なのかもしれません。『旭洋食品』は買った新技術を少し変えて、特許の申請をする気なんではないのか」

徳大寺が考える顔になった。

「そういうことなら、考えられそうですね。しかし、こちらの研究所にはデータのバックアップがあるでしょ？」

「それがですね、バックアップの記録がすべて削除されてたんですよ。ハードディスクやUSBメモリーもなくなっていました。おそらく鍋島の仕業でしょう。新技術の文書化を急いでいるのですが、もう少し日数がかかると思います」

「その前にライバル会社に新しい技術の特許申請をされてしまったら、何もかも水泡に帰すことになるな」

「おっしゃる通りですね。赤坂署に捜索願を出したのですが、依然として鍋島の行方はわかりません」

「鍋島さんの自宅を教えてもらえますか」

百面鬼は上着の内ポケットから手帳を取り出した。徳大寺が懐から住所録を抓み出し、鍋島の現住所をゆっくりと告げた。

杉並区方南一丁目の『方南フラワーレジデンス』の四〇三号室だった。百面鬼は所番地を書き留め、すぐに顔を上げた。

「『旭洋食品』の本社は、どこにあるんでしたっけ？」

「西新宿三丁目です。刑事さん、友永専務をマークされるのですね？」

「一応、会ってみるつもりです」

「まともに訊いても、おそらく専務は正直には答えないでしょう」

「そうかもしれませんね。しかし、相手が嘘をついていれば、まず見抜けます。刑事の勘ってやつでね」

「もし鍋島が持ち出した開発データを『旭洋食品』に売っていたとしたら、わたしにこっそり教えていただけないでしょうか」

徳大寺が言った。

「どういうことなのかな」

「うちの研究員がライバル社に開発データを売ったことが公になったら、親会社の『北斗フーズ』は社会的な信用を失ってしまいます」

「研究員の不祥事は隠しておきたいってことですね？」

「ええ、その通りです。会社の顧問弁護士に動いてもらって、特許技術開発のデータの返却をしてもらうつもりなんです。刑事さんに協力していただけたら、それなりの礼をさせてもらいます」

「こっちは公務員なんです。金品なんか貰ったら、懲戒免職になるでしょう。一生喰えるだけの謝礼をくれるんだったら、協力は惜しみませんがね。三、四億貰えるんだろうか」

「そ、そんな巨額はとてもお支払いできません」

「冗談ですよ。お忙しいところをありがとうございました」

百面鬼はソファから腰を浮かせ、バイオ食品研究所を出た。

覆面パトカーは来客用駐車場に置いてある。百面鬼はクラウンに乗り込み、西新宿に向かった。

『旭洋食品』の本社に着いたのは、およそ三十分後だった。

百面鬼は本社ビルの地下駐車場に車を入れ、一階の受付カウンターに回った。刑事であることを明かして、友永専務との面会を求めた。笑くぼのある色白の若い受付嬢が内線電話を使って、友永に来訪者のことを話しはじめた。電話の遣り取りは短かった。

「お目にかかるそうです。専務室は十二階にございます。エレベーターホールの左側です」

「ありがとう」

百面鬼は受付嬢に礼を述べ、エレベーター乗り場に足を向けた。

エレベーターは四基あった。百面鬼は十二階に上がった。専務室はわけなく見つかった。飴色の重厚なドアをノックすると、奥で応答があった。

「どうぞお入りください」

「失礼します」

百面鬼は専務室に入った。

ソファセットの横に、五十四、五歳の温厚そうな紳士が立っていた。

「専務の友永さんですね？」

「ええ、そうです。失礼ですが、本当に警察の方なのでしょうか？」

「やくざと思われたのかな」

百面鬼は苦笑して、警察手帳を見せた。

友永が安堵(あんど)した表情で、ソファを手で示した。二人は向かい合う形で坐った。

「早速ですが、ご用件をおっしゃってください」

「友永さんは、『北斗フーズ』附属バイオ食品研究所の鍋島和人さんをご存じですよね？」

「ええ、まあ」

「一年ほど前にヘッドハンティングの会社を使って、鍋島さんを引き抜こうとしたことがあるでしょ？」

「その話は、どなたからお聞きになったんです？」

「申し訳ありませんが、そういう質問には答えられないんですよ」

「そうですか。鍋島君をスカウトしたことは間違いありません。彼は優秀な研究員ですのでね。しかし、条件に不満なようで、引き抜きは成功しませんでした」

「最近、鍋島さんと会ったことは？」

「いいえ、ありません。鍋島君が何か問題を起こしたのですか？」

友永が問いかけてきた。百面鬼は、鍋島が無断で未申請の特許技術の開発データを持ち出した疑いがあることを語った。

「賢い彼がなぜ、そんなことをしたのだろうか」

「街金にだいぶ借金があるようですね。鍋島さんは派手な遊びをしてたみたいなんですよ」

「派手な遊びといいますと？」

「白人ホステスばかりを集めた多国籍クラブに通って、違法カジノにも出入りしてたらしいんです」

「信じられません。鍋島君は、どちらかといえば、堅物ですのでね」

「そうなんですか」

「いま話されたことは、研究所の同僚たちからお聞きになったのでしょうか？」

「徳大寺所長から聞いた話です。所長のことはご存じでしょ？」

「業界の会合でよく顔を合わせますが、いつも挨拶を交わすだけなので、人柄などはよくわかりません」

「そうですか。徳大寺所長が行方をくらましてる鍋島さんをかわいがってたことは？」

「鍋島君がそう言っていたことはありましたね」

「そう。ところで、鍋島さんから最近、何か買いませんでした？」

「何かって？」

友永が訊いた。

「はっきり申し上げましょう。『北斗フーズ』附属バイオ食品研究所が開発した画期的な特許技術の開発データのことですよ」

「つまり、鍋島君が無断で持ち出したという開発データのことですね？」

「そうだ。正直に答えねえと、あんたを罪人に仕立てるぞ」

百面鬼はぞんざいに言って、コーヒーテーブルの上に片脚を投げ出した。

「き、急に何なんです!?　わたしが何か失礼なことを言いました？」

「いや、別に。ただ、まどろっこしくなってきたんだよ。おれがその気になりゃ、白いものを黒くすることもできる。場合によっては、あんたをロリコン野郎にして、児童買春したことにするぞ。で、どうなんだ？」

「鍋島君から何かを買ったことは一度もない。天地神明に誓ってもいいですよ」

友永が毅然と言った。

百面鬼は友永の顔を見据えた。狼狽の色はうかがえない。嘘はついていないようだ。

「同じ業界で鍋島が親しくしてる人間は？」

「さあ、よく知りません」

「空とぼけてるんじゃねえだろうなっ」

「嘘なんか言ってませんよ」

「そうかい。邪魔したな」

百面鬼は卓上に載せた右脚を引っ込め、勢いよく立ち上がった。

「きみの職階は？」

「まだ警部補だよ。それがどうした？」

「年上の人間に向かって、ずいぶん口のきき方が横柄だね。新宿署の副署長は知り合いなんだ。彼にきみのことを話して、少し注意をしてもらおう」

友永が怒気を含んだ声で言った。

「好きなようにしなよ。おれは署長も副署長もちっとも怖くない。二人の弱みをそれぞればっちり押さえてるんでな」

「きみのような刑事がいるなんて、とても信じられない」

「おれは正真正銘の現職刑事だよ。なんか文句あんのかっ」

百面鬼は言い捨て、急ぎ足で専務室を出た。

エレベーターで地下一階に下り、覆面パトカーに乗り込む。百面鬼は杉並の方南に向かった。

数キロ車を走らせたとき、携帯電話に着信があった。発信者は亜由だった。

「何か手がかりは得られたの？」

「いや、これといった収穫は得られてない」

百面鬼はそう前置きして、事の経過を伝えた。

「徳大寺所長が言ってたこと、本当なのかしら？　鍋島さんがそんな派手な遊びをしていたとは思えないの」

「所長は何か理由があって、鍋島和人の悪口を言ったと感じたのか？」

「ううん、そこまで言うつもりはないわ。ただ、所長は事実を話してない気がしたの」

「ということは、徳大寺が鍋島和人を陥れた可能性もあるわけだな。所長が鍋島に濡衣を着せて、自分が特許技術の開発データをこっそり持ち去ったかもしれねえと……」

「徳大寺さんがそんなことをするはずはないと思うけど、わたし、なんとなく釈然としないの」

「そうか。そっちの彼氏が無断で持ち出した開発データを『旭洋食品』に売ったのかもしれねえと思ったんだが、どうもその線は薄そうだな」

「わたしも、そう思うわ。それはそうと、これからどうするの？」

「鍋島和人の自宅に行ってみる。住所は、徳大寺所長から教えてもらったんだ」

「わたしも彼の自宅に行ってみたいけど、きょうは早退けは無理そうね」

「おれひとりで充分さ」

「彼のマンションには常駐の管理人はいないの。マンションを管理してるのは、環七通りに面してる『オリエンタル・エステート』という不動産屋なんです。方南小学校の近くよ。そこに行けば、マスターキーはあると思うわ」

「だろうな。それじゃ、その不動産屋に寄ってから、『方南フラワーレジデンス』に行くよ」

百面鬼は通話を切り上げ、運転に専念した。

不動産屋でマスターキーを借りる気はなかった。グローブボックスの中には、万能鍵が入っている。それは常習の泥棒が使っていたもので、たいがいのロックは外せる。だいぶ前に、署の証拠押収品保管室からくすねたピッキング道具だった。

目的のマンションを探し当てたのは午後四時数分前である。

クラウンをマンションの前に駐め、百面鬼は四〇三号室に向かった。あたりに人がいないことを確認してから、百面鬼はピッキング道具を使って鍋島の部屋に忍び込んだ。

間取りは１ＤＫだった。キッチンのあたりから、果物の腐敗臭が漂ってくる。室内の空気は澱んでいた。

百面鬼は奥の居室に直行した。右の壁寄りにベッドと洋服箪笥が並び、反対側にはテレビ、オーディオセット、パソコンデスクなどが置かれている。

百面鬼は室内をチェックしはじめた。部屋の隅々まで検べてみたが、失踪に結びつきそうな物品は何ひとつ見つからなかった。ベッドマットも引っ繰り返してみたが、徒労に終わった。

百面鬼はダイニングキッチンに移り、くまなく検べてみた。トイレや浴室も覗いてみたが、無駄骨を折っただけだった。

街金の借用証も六本木の飲食店の領収証も見つからなかった。徳大寺の話は事実ではなかったのか。それとも、鍋島は借用証を常に持ち歩いているのだろうか。飲食店の領収証は破棄してしまったのか。

百面鬼は屑入れまで覗いてみたが、やはり何も手がかりは得られなかった。ただ、実家の母親からの手紙が何通か見つかった。

百面鬼は実家の電話番号を調べ、すぐに連絡してみた。ひょっとしたら、鍋島が横須賀の実家に潜んでいるかもしれないと思ったのだ。

受話器を取ったのは中年女性だった。

「鍋島君のお母さんでしょうか？」

「ええ、そうです。あなたは？」

「早明大学理工学部で同期だった中村という者です」

百面鬼は、とっさに思いついた嘘を口にした。

「そうですか。それで、ご用件は？」

「同期会の出欠の返事がないので、杉並の自宅と勤務先に連絡してみたのですが、鍋島君、どちらにもいなかったんですよ。それで、帰省されてるかもしれないと思いましてね」

「和人は、こちらには戻っておりません」

「それじゃ、旅行に出たのかもしれませんね。どこかに行くとかいう話は聞いていました？」

「いいえ、何も聞いていませんけど」

相手が答えた。百面鬼は通話を切り上げた。

ちょいと職場に顔を出しておくか。

百面鬼は出入口に足を向けた。歩いていると、脈絡もなく見城の顔が脳裏に浮かんだ。

きょうも、彼はもがき苦しんでいるのだろう。百面鬼は何もできない自分がはがゆかった。

2

刑事課には、ほとんど人がいなかった。

管内で凶悪事件が発生したのだろう。課長の鴨下進(かもしたすすむ)は、自席で捜査資料に目を通していた。ノンキャリア組だが、五十歳前に課長のポストに就(つ)いた出世頭だ。いまは五十二歳である。

部下に気づかないはずないのに、鴨下は顔を上げようともしない。

百面鬼は近くにあるスチール製のデスクの脚を強く蹴った。その音で、鴨下課長が顔を上げた。

「なんだ、きみか」

「ご挨拶だな。おれは聞き込みでくたくたになって戻ってきたんだぜ」

「どの事件（ヤマ）の聞き込みなんだ？」

「先週、大久保通りでコロンビア人の街娼（がいしょう）が畳針でめった突きにされたよね。その聞き込みをやってたんだ」

百面鬼は、もっともらしく言った。

「その事件（ヤマ）は、もう片がついてる。きのう、被疑者（マルヒ）が自首してきたんだ」

「そりゃないぜ。どうして、そのことを教えてくれなかったの？」

「教えたくても、きみはほとんど署内にいないし、無線も切ってるじゃないか。それから、刑事用携帯電話（ポリスモード）の電源もね」

鴨下が言い返した。

「そう言われると、返す言葉がないな。みんな、出払ってるようだね。何かでっかい事件（ヤマ）が発生したのかな？」

「一時間ほど前、風林（ふうりん）会館の近くの路上で上海（シャンハイ）マフィアと新参の北京（ペキン）グループが派手な銃撃戦をやらかしたんだ。それで、大勢の通行人が巻き添えを喰ったんだよ」

「おれも現場（げんじょう）に行くべきなのか」

「いや、きみは残ってくれ。チームワークが乱れるだけだからね」

「はっきり言うな」

百面鬼は肩を竦め、自席に向かった。

机の上には、速達小包が載っていた。茶色のクッション封筒の差出人を見る。千代田太郎と記してあった。偽名だろう。

百面鬼はクッション封筒を指先で押してみた。中身はＤＶＤらしい。百面鬼は速達小包を手にして、刑事課の会議室に移った。すぐに封を切る。やはり、中身は一枚のＤＶＤだった。

百面鬼はパソコンにＤＶＤをセットして、再生ボタンを押した。

待つほどもなく、映像が映し出された。百面鬼は目を凝らした。映っている場所には見覚えがあった。

上大崎一丁目のマンション建設用地だった。やや不鮮明だが、百面鬼と上背のある男が揉み合っている。アルファードに乗っていた二人組の片割れだ。

相手が持っていたデトニクスを奪うところから暴発するまでの映像がくっきりと映っていた。見ようによっては、百面鬼が相手を射殺したようにも映るだろう。

ＤＶＤの映像は、百面鬼が覆面パトカーに乗り込むところで終わっていた。

昨日の暴発事故は、まったく報道されなかった。背の高い男の死体は、仲間の手によって片づけられたようだ。

黒いアルファードで逃げ去った仲間がこっそり撮影したのだろうか。パソコンからDVDを抜き、クッション封筒に戻す。

そのすぐ後、懐で私用の携帯電話が鳴った。百面鬼は携帯電話を耳に当てた。

「百面鬼竜一だな？」

相手が確かめた。くぐもった声だった。どうやらボイス・チェンジャーを使っているらしい。

「てめえは千代田太郎だなっ」

「そうだ。送ったDVDは、もう観たか？」

「ああ、観た」

「おたくはわたしたちの仲間をデトニクスで撃ち殺した」

「あれは暴発だったんだ」

「警察や地検は、そうは判断しないだろう。DVDは十枚ほどダビングしてある。複製を警視庁、警察庁、東京地検、それから新聞社やテレビ局に送ってもいいのか？」

「好きにしやがれ」

「ずいぶん強気じゃないか。死んだ仲間の遺体は、まだ冷凍保存してある。ダビングしたDVDと死体を警察に送り届けたら、おそらく殺人と判断されるだろう。殺人罪が成立しなくても、おたくの行動は過剰防衛だった」

「捜査関係者がDVDを観れば、暴発だったことはすぐにわからあ」

「その考えは少し楽観的じゃないのかね」

「てめえの脅しに屈する気はねえが、参考までにそっちの要求を聞いてやらあ。おれに口止め料を出させる気でいるのか。え?」

百面鬼は訊いた。

「目的は金じゃない」

「いったい何が狙いなんだ?」

「せっかちだね。いま来日中のドイツ人難民救援活動家のペーター・シュミットのことは知ってるな」

相手が確かめた。百面鬼は知っていた。

ペーター・シュミットは、ドイツ生まれの医師である。現在、五十五歳だ。シュミットは人道上の理由から二〇〇九年の夏から二年半ほど北朝鮮で医療活動に従事していた。しかし、次第に独裁者に疎(うと)まれ、ついに国外追放される羽目になった。

シュミットは北朝鮮の一般人民、病人、中国に逃れた脱北者たちの惨状を数冊の本に赤裸々に描き、一躍、有名人になった。また、だいぶ前に瀋陽の日本国総領事館で起こった脱北者の駆け込み事件の火付け人としても知られている。

シュミットは韓国人ボランティアたちと協力し合って、中朝国境付近にいる約二十万人の北朝鮮難民を亡命させたがっている。すでに第三国経由で韓国に亡命させた北朝鮮難民は八百人を超えているようだ。独自に亡命した者を併せると、現在、韓国には約六千人の脱北者がいる。

「ペーター・シュミットは〝北朝鮮難民大量亡命計画〟の支援ネットワークを日本に作る気でいるんだ」

「てめえは北朝鮮の工作員なのか？」

「わたしは日本人さ。誰かがシュミットの北朝鮮難民大量亡命計画を阻止しなければ、大変なことになる。最初は北朝鮮難民を快く迎え入れてた韓国も、いまや頭を抱えてる。脱北者たちが自立できるまで生活の面倒を見なければならないからな」

「だから、なんだってんだっ」

「韓国が北朝鮮難民の受け入れを制限するようになったら、フィリピンや日本に亡命者が殺到することになるだろう。日本は三百万人もの失業者を抱えて、経済はどん底に近い。大量の難民が日本に押し寄せてきたら、さらに再生が難しくなるだろうな。だから、なんとしてでもシュミットの計画をぶっ潰す必要があるんだよ」

「話が回りくどいな。おれに何をさせてえんだっ」

「おたくが射撃術に長けてることは調査済みだ。オリンピックには出場できなかったが、候補者の中に入ってた」

「おれにペーター・シュミットを殺れってことか？」

「その通りだ。こちらの要求を突っ撥ねたら、送り届けたＤＶＤの複製を警視庁、警察庁、東京地検、マスコミ各社に提供する」

「勝手にしやがれ！」

「短気を起こすと、後悔することになるぞ」

相手が意味深長な言い方をした。

「どういう意味なんでえ」

「わたしの仲間が小倉亜由を人質に取った」

「そんなはったりは、おれには通用しないぜ」

「いいだろう、いま人質の声を聴かせてやる」

「くそったれめ！」

百面鬼は毒づいた。

相手が沈黙し、亜由の声が流れてきた。

「百面鬼さん、救けて！」

「どこで拉致されたんだ？」

「会社のそばよ。狼のゴムマスクを被った男たちにワゴン車に押し込まれて、脇腹にナイフを突きつけられたの。それから、目隠しもされたわ」

「どこに監禁されてるんだ？」

「場所ははっきりしないけど、取り壊し寸前の空きビルのような所よ」

「手足を縛られてるのか？」

百面鬼は矢継ぎ早に質問した。

「両手だけ針金で縛られてるわ。目隠しはされたままよ。それから、わたし、裸にされてるの」

「なんだって!?　おかしなことをされたのか？」

「ううん、性的ないたずらはされてないわ。お願い、わたしを救ってちょうだい！」

亜由が涙混じりに訴えた。

彼女のおかげで、妙な性的嗜好が治りかけている。亜由を死なせてしまったら、ノーマルなセックスはできなくなってしまうのではないか。何が何でも、彼女を救い出さなければならない。そうしなければ、それこそ男が廃る。腰抜けにはなるまい。

百面鬼は自分に言い聞かせた。

亜由が小さな悲鳴を洩らした。脅迫者が乱暴に亜由の手から受話器を奪い取ったのだろう。

「人質に荒っぽいことをするんじゃねえ」

百面鬼は怒鳴った。

「小倉亜由に気があるようだな」

「すぐに人質を解放してやってくれ。ペーター・シュミットにはなんの恨みもないが、シュートするよ。殺し屋刑事と軽蔑されてもかまわない」

「シュミットを殺ったら、人質は必ず解き放ってやる」

「いや、事前に解放しろ。そうじゃねえと、シュミットは撃たねえぞ」

「つまらない駆け引きをする気なら、人質に獣姦を強いるぞ」

「てめえ、正気なのか!?」

「ありきたりのレイプなんかじゃ、ちっとも面白くないからな。セントバーナードを小倉亜由の尻にのしかからせてやろう」

「人でなしめ！」

「どうする？」

「わかった。先にシュミットを始末してやるよ」

「やっと観念したか」

「いつ、どこでシュミットをシュートすりゃいいんだ？」

「それについては追って連絡する。その前に、おたくにスナイパー・ライフルと弾を渡す。午後八時に新宿中央公園の眺望の森の前で待ってろ。北エリアだ。使いの者がスナイパー・ライフルを届ける」

「わかった」

「もし約束を破ったら、人質の命は保証しないぞ。それじゃ……」

「おい、ちょっと待て！」

「なんだ？」

脅迫者が問いかけてきた。

「てめえ、いや、あんたが仲間に小倉亜由の腋の下にマイクロチップ型GPSを埋めさせたんだな？」

「なんの話だか、さっぱりわからない」

「とぼけんなって。鍋島を押さえて、もう特許技術に関する開発データを手に入れたのかい？」

「鍋島なんて名には聞き覚えがないな。どういう人間なんだ？」

「シラを切り通す気か。ま、いいさ。一つだけ答えてくれ。あんたは『北斗フーズ』の味方なのか。それとも、『旭洋食品』かどこかライバル会社の人間なのかい？　どっちにしても、鍋島が六本木のバイオ食品研究所から持ち出したＵＳＢメモリーや技術資料なんかを手に入れるのが目的だったんだろうが。もう鍋島は始末したのかっ」

「おい、何を言ってるんだ!?　わけがわからないな」

「まだ電話を切るんじゃねえ」

百面鬼は早口で言った。しかし、言い終わらないうちに先方の電話は切られてしまった。

「なめやがって」

百面鬼は忌々しさを覚えながら、通話終了ボタンを押した。

亜由を救出したい一心で暗殺の代行を引き受けてしまったが、気は重かった。標的が救いようのない悪人なら、軽い気持ちで射殺できる。

しかし、ペーター・シュミットは悪党ではない。難民救済活動に情熱を傾けているヒユーマニストだ。たとえ活動が売名行為だったとしても、別に犯罪者ではない。善人は善人だろう。そんな好人物を虫けらのように殺害してもいいのか。柄にもなく、百面鬼は真剣に悩みはじめた。

少し経つと、なぜか見城の顔が脳裏に浮かんで消えた。

こんなとき見城なら、どうするだろうか。百面鬼は見城に意見を求めたくなった。だが、すぐに思い留まった。

まだ見城は、恋人を失ったショックから立ち直っていない。そんな彼に煩わしい思いをさせるわけにはいかないだろう。百面鬼なりの友情だった。

松丸にこっそりスナイパー・ライフルを持ってくる人間を尾行してもらって、敵の正体を暴いてやるか。百面鬼は、すぐ盗聴器ハンターの松丸の携帯電話を鳴らした。

「悪党刑事か」

松丸が失望したような声で呟いた。

「友達からの電話でも待ってやがったのか」

「またからかうつもりでしょ。もう飽きたっすよ」

「いっぱしのことを言いやがって。実はな、尾行を頼みてえんだ」

百面鬼は経緯をつぶさに語った。

「自分は、その使いの者を尾ければいいんすね？」

「そう。それで、敵のアジトがわかったら、すぐおれに連絡してもらいてえんだ」

「了解！　八時前に眺望の森の近くの繁みに隠れるようにします」

「ああ、そうしてくれ。松、よろしく頼むぜ」

「百さん、暗殺の代行をやるのはまずいんじゃない？　ペーター・シュミットは国際的に知られた人物だし、別に悪党じゃないいんだから」

「わかってらあ。けどな、おれはどうしても敵の手に落ちた小倉亜由を無傷のまま救い出してやりたいんだ。刑事なんだが、もう殺人を引き受けちまったんだよ」

「フラワーデザイナーの佐竹久乃さんとはうまくいってなかったのか。おれ、知りませんでしたよ」

「久乃とはうまくいってらあ。けどな、おれにゃ亜由も必要なんだ」

「欲張りだな」

「亜由とつき合ってるうちに、おれの性的な癖が治るかもしれねえんだよ」

「性的な癖って、喪服プレイのこと？」

「うん、まあ」

「百さんは、亜由って女を姦っちゃったんだ？」

「成り行きで、そうなっちまったんだよ。迷惑かけたと思ってる。それはそれとして、彼女とは喪服なしでファックできたんだ」

「もう少し品のある言い方しなさいよ」

「松、見城ちゃんみたいなことを言うようになりやがったな。気取って営みとか契りなんて言っても、ファックはファックだろうが！」

「そういう即物的な表現がよくないんすよ。教養を疑われるのにな」

「おれ、教養ねえもん。大学だって、裏口入学だったしな。なんか見城ちゃんと遣り取りしてるみてえだな」

「そういえば、二人で似たような冗談をよく言い合ってたっすね。百さん、暗殺代行のこと、見城さんに相談してみたら？」

松丸が提案した。

「おれも、ついさっき一瞬だけ見城ちゃんに相談してみる気になったんだよ。けど、見城ちゃんはまだ自分を支えるのに精一杯って感じじゃねえか」

「でしょうね」

「奴さんに迷惑かけたくねえし、おれのほうが年上なんだ。自分の身に起こったことは、てめえで解決しないとな」

「それで、心ならずもペーター・シュミットを暗殺する気になったのか」

「そうなんだ。松、失敗(ドジ)踏むなよ」

百面鬼は電話を切って、上着から葉煙草(シガリロ)のパッケージを掴(つか)み出した。

3

約束の時刻になった。

百面鬼は北エリアの眺望の森の周辺を見回した。人っ子ひとり見当たらない。松丸は斜め後ろの灌木(かんぼく)の背後に身を潜(ひそ)めている。

百面鬼は葉煙草(シガリロ)に火を点けた。

半分ほど喫ったとき、懐で私物の携帯電話が振動した。新宿中央公園に着いたとき、マナーモードに切り替えておいたのだ。

百面鬼は携帯電話を口許に近づけ、先に喋った。

「千代田太郎だな?」

「そうだ」

「もう約束の時間は過ぎてるぜ。使いの者は、どうしたんでえ?」

「ちょっと大事をとらせてもらったんだよ。おたくが同僚の刑事たちを眺望の森の周辺に張り込ませてるかもしれないと思ったんでね」

「おれはそんなことしねえ。早く使いの者を寄越しやがれ！」

「受け渡し場所を変更する」

「なんだって、そんな面倒なことをしやがるんだっ。気に入らねえな」

「そう怒るなよ。新宿中央公園は二つに分かれてることを知ってるだろう？　区民ギャラリーのあるほうが北エリアで、フットサルコート管理棟のあるのは東エリアだ。二つのエリアは公園大橋で繋がってる」

「いちいち説明されなくても、わかってるよ。おれにどうしろって言うんだ？」

「おたくは、その公園大橋の真ん中で待て。使いの者が公園大橋下の舗道にスナイパー・ライフルの入った黒いキャリーケースを置く。おたくはキャリーケースを拾い上げたら、次の指示を待つ。以上だ」

脅迫者が電話を切った。

百面鬼はスナイパー・ライフルの受け取り場所が変わったことを松丸に早く伝えたかった。しかし、敵がどこかで見ているかもしれない。迂闊に電話はかけられなかった。

百面鬼は急ぎ足で遊歩道を進み、園内のトイレに入った。すぐに携帯電話で松丸に連絡を取って、手短に変更内容を教える。

「使いの者はキャリーケースを路上に置いたら、百さんが公園大橋の下まで降りる前に車で逃げるつもりなんだな」

　松丸が言った。

「おそらく、そうなんだろうよ。松、おまえのエルグランドは熊野神社の前あたりに駐めてあるんだったな？」

「ええ、そうっす」

「それじゃ、先に車を公園大橋の近くに回しといてくれ。で、使いの者の車を追尾してくれや」

「オーケー」

「相手に尾行されてることを覚られたら、松、深追いするんじゃねえぞ。おまえまで人質に取られたら、おれは敵の言いなりにならざるを得なくなるからな」

「深追いはしないっすよ」

「うまくやってくれ」

　百面鬼は通話を切り上げ、トイレから出た。

　広場を横切って、公園大橋に急ぐ。間もなく達した。百面鬼は公園大橋の中央にたたずんだ。

夜気は生暖かい。夜半から雨になるのだろうか。

使いの者は、どちらの方向から来るのか。百面鬼は視線を巡らせた。

少し経つと、十二社（じゅうにそう）通りから松丸の車が回り込んできた。エルグランドはふれあい通りを進み、公園大橋の五、六十メートル手前で路肩（ろかた）に寄った。新宿中央公園管理事務所寄りだ。

また、私用の携帯電話が振動した。百面鬼は携帯電話を上着の内ポケットから摑み出した。

「なんでえ、また場所の変更かよ？」

「おれだけど」

発信者は毎朝日報の唐津だった。

「やあ、旦那か」

「気まぐれな女に振り回されてるようだな」

「うん、まあ」

百面鬼は話を合わせた。

「電話したのは見城君のことなんだ。彼、相変わらず塞（ふさ）ぎ込んでるな。少し前に飲みに連れ出そうとしたんだが、断られてしまったよ」

「そう」

「彼、あのままじゃ駄目になっちゃうぞ。で、みんなで小旅行でもしたらと思ったんだが、どうだろう？」

「悪くない話だね。けど、まだ見城ちゃんは旅行する気にゃなれないと思うな」

「そうだろうか」

「唐津の旦那が強く誘えば、その気になるかもしれないね。いや、やっぱり無理か。でも、一応、誘ってみてよ」

「わかった。そうしてみよう。ところで、歌舞伎町の銃撃戦は派手だったな。関東やくざの御三家が画策（かくさく）して、上海マフィアと北京グループを対立させたって情報をキャッチしたんだが、その話は事実なのか？」

唐津が探りを入れてきた。

「さあ、どうなのかな。唐津の旦那も知ってるように、おれはほとんど職務にタッチしてないからね」

「それでも、捜査情報は耳に入ってくるだろうが」

「おれ、同僚とめったに口もきかないから」

「予防線を張られてしまったか」

「そんなんじゃねえって。本当に中国人同士の抗争のことは知らないんだよ。旦那、悪いけど、電話切らせてもらう。また、女から何か連絡があるかもしれないんでさ」

百面鬼はもっともらしく言って、通話を切り上げた。携帯電話を上着の内ポケットに戻し、車道に視線を落とす。

十二社通りの方向から黒いワンボックスカーが走ってきた。その車は松丸のエルグランドの横を通過し、公園大橋のほぼ真下に停まった。

多分、使いの者だろう。百面鬼は手摺(てすり)から半身を乗り出した。

ワンボックスカーの運転席から黒ずくめの男が現われた。トロンボーンケースに似たキャリーケースを胸に抱えている。動きから察して、まだ二十代だろう。

男は舗道の端に黒いキャリーケースを置くと、すぐ車の中に戻った。ワンボックスカーが発進した。松丸の車がワンボックスカーを追尾しはじめた。百面鬼は区民の森側に走り、ふれあい通りに駆け降りた。

あたりに人影は見当たらない。

百面鬼はキャリーケースの蓋(ふた)を開け、ダンヒルのライターを点けた。ケースには、分解されたレミントンＭ700が収まっていた。手動装塡(そうてん)式で、狙撃(そげき)銃として用いられているライフルだ。暗視スコープ付きだった。実包は、ちょうど十発入っていた。

百面鬼は蓋を閉め、キャリーケースを持ち上げた。ずしりと重い。

松丸がうまく使いの者を尾行してくれることを祈る。百面鬼は、都庁方向に歩きだした。

覆面パトカーは第一本庁舎の裏手に駐めてあった。

数百メートル歩くと、脅迫者から電話がかかってきた。

「スナイパー・ライフルを受け取ったな？」

「ああ」

「製造番号から所有者を割り出そうとしても無駄だよ。番号は削り取ってある」

「ペーター・シュミットの宿泊先は、どこなんだ？」

「それは、まだ言えない。シュミットを始末する前にテストを受けてもらう」

「テストだって!?　なんのテストなんだっ」

「おたくの射撃の腕が鈍（にぶ）っていないかどうか確かめたいんだ」

「おれに誰かを狙撃させる気だな」

「そういうことだ。獲物は公園内で野宿してる路上生活者（ホームレス）のひとりだよ」

「そいつに何か恨みでもあるのか？」

百面鬼は訊いた。

「個人的な恨みはない。しかし、その男を射殺してもらう。標的はホームレス仲間から、〝教授〟と呼ばれてる六十六歳の男だ。総白髪で、知的な容貌をしてる。五年前まで某女子大で西洋哲学を教えてたんだが、事業に失敗した実弟の連帯保証人になってたんで、無一文になってしまったんだ。妻とは離婚してる。子供はいない」

「そんな不運な男を狙撃するのは気が進まねえな。なんの罪もない宿なしのおっさんをシュートしたら、化けて出るかもしれない」

「〝教授〟は、反社会的なことをしてるんだ。彼は路上生活者たちを煽って、新宿中央公園を不法占拠してる。先日、都の職員が段ボールハウスを取り壊そうとしたら、暴力を振るったんだ。それがきっかけで、ホームレスたちが暴徒化したんだよ」

「だからって、塒に困ってる元大学教授を殺すことはねえだろうがっ」

「〝教授〟は危険人物だ。生かしておいても、社会の役に立たない」

「ずいぶん偉そうなことを言うじゃねえか。てめえ、何様のつもりなんでえ？」

「そんな口をきいてもいいのか。わたしの足許には、発情期のセントバーナードがいるんだ。さっきから小倉亜由の裸身を見つめながら、涎を垂らしてるよ。わたしがけしかければ、すぐにも人質の尻に乗っかるだろう」

「汚い野郎だ」

「〝教授〟を始末してくれるな？」

千代田太郎が含み笑いをした。

「やりゃいいんだろうが！」

「やっとその気になってくれたか。標的の段ボールハウスは区民の森の中にある。さあ、テストの開始だ」

「そのうち、必ずてめえを追い込んでやるからなっ」

百面鬼は電話を切り、踵を返した。来た道を逆戻りし、公園大橋を渡る。区民の森に足を踏み入れると、百面鬼は繁みにキャリーケースを隠した。

闇を透かして見る。あちこちに段ボールで造られた小屋があった。ホームレスたちが車座になって、酒盛りをしている。安酒を呷っている男たちの中に〝教授〟はいなかった。百面鬼は男たちに歩み寄った。

すると、茶色いニット帽を被った四十絡みの男が女言葉で声をかけてきた。

「ユーは、もしかしたら、覗き魔なんじゃない？　でもね、こっちにはいちゃついてるカップルなんかいないわよ」

「〝教授〟はどこにいる？」

「何者なのよ、ユーは？　新入りの宿なしには見えないわね。探偵か何かなの？」

「いいから、教えてくれねえか」

「ユー、いい体格してるのね。わたし、逞しい男は大好き！」

ニット帽の男が立ち上がり、千鳥足で近づいてきた。焼酎の壜を提げている。

「ね、一緒に飲まない？　話が合ったら、わたしのお尻を貸してあげてもいいわ」

「そういう趣味はねえよ。けど、〝教授〟のいる場所を教えてくれたら、万札を一枚やらあ」

「嘘でしょ!?」

「ほんとだよ」

百面鬼はスラックスのポケットから一万円札を抜き出し、男の顔の前でひらひらさせた。

「ユー、リッチなのねえ」

「万札欲しくねえのか？」

「そりゃ、欲しいわよ。でも、ユーが〝教授〟の味方なのか敵なのか、まだわからないじゃない？　わたし、あの先生のこと、とっても尊敬してんのよ。リスペクトしてるわけ。だから、余計なことを喋って迷惑かけたくないの」

「おれは〝教授〟の味方だよ」

「それを証明できる？」

相手が言った。百面鬼は万札を丸め、ニット帽の男の口の中に突っ込んだ。

「〝教授〟のいる場所を教えねえと、てめえの急所を蹴り潰すぞ」

「ら、乱暴なことはしないで」

男がくぐもり声で言い、少し離れた場所にある段ボールの小屋を指さした。

百面鬼はニット帽の男に背を向け、教えられた小屋に歩み寄った。段ボールハウスの出入口は塞がれていた。

「〝教授〟ってのは、あんただろう？」

百面鬼は出入口の段ボールを横にずらした。横たわっていた総白髪の男が、ハウスから這い出してきた。

「きみは誰なんだね？」

「事情があって素姓は明かせない。おれは知り合いの女性を人質に取られて、あんたを射殺しろと命じられたんだよ」

「誰がそんなことを言ってるんだ!?」

「脅迫者の正体は見当もつかねえんだ。そいつは〝教授〟を始末しないと、人質にひどいことをすると言ってきたんだよ」

「それで、きみはこのわたしを撃ち殺す気になったわけか？」

「殺す気はない。だから、銃声が響いたら、死んだ真似をしてもらいたいんだ。それで夜が明けないうちに公園を出て、三、四日、別の場所に身を隠してくれないか」

「いきなりそんなことを言われても、きみの希望通りにはならないよ。ここはわたしのマイホームだし、どこかに行く交通費もないんでね」

「十万渡すよ。だから、おれの言った通りにしてくれねえか。頼むよ、先生！」

「断ったら、どうなるんだ？」

「先生を撃ち殺すことになるな。人質に取られた女に辛い思いをさせたくないんだよ」

「そういうことなら、撃たれた真似をしてやろう。わたしはハウスの中にいればいいのかな？」

「いや、立って煙草でも吹かしててくれねえか。これは迷惑料だ」

百面鬼は十万円を元大学教授に握らせると、植え込み伝いにキャリーケースを隠した場所に急いで戻った。

スナイパー・ライフルを手早く組み立て、暗視スコープを取り付ける。実包を一発だけ込め、〝教授〟の見える場所まで接近した。元大学教授は太い樹木に凭れかかって、紫煙をくゆらせている。百面鬼はレミントンM700を構え、暗視スコープに片目を当てた。

標的の頭部の真上に狙いをつけ、一気に引き金を絞る。

銃声が轟いた。〝教授〟が短い叫び声をあげ、横倒しに転がった。それきり動かない。

放ったライフル弾は標的の頭上を掠めたが、命中はしていない。

名演技だった。百面鬼は暗視スコープを外し、銃身を二つに分解した。それらをキャリーケースに詰めると、すぐに公園を走り出た。

百面鬼は覆面パトカーまで駆け、運転席に入った。イグニッションキーを捻ったとき、正体不明の脅迫者から電話がかかってきた。

「銃声を耳にしたよ。〝教授〟を間違いなく葬ってくれたな？」

「頭をミンチにしてやったから、即死したはずだ。あんた、近くにいたんだろ？　だったら、標的の叫び声も聞いたよな？」

「確かに短い叫びは聞こえたよ。しかし、〝教授〟の死体をこの目で見たわけじゃないからね」

「なら、自分の目で確かめてみろや。元大学教授の段ボールハウスに近づいたら、あんたが狙撃者と思われるかもしれないけどな」

百面鬼は際どい賭けを打った。

「おたくの言葉を一応、信じてやろう。テストは合格だ。明日、ペーター・シュミットを抹殺してもらう」

「標的の宿泊先をそろそろ教えてくれてもいいだろうが」

「それは明日、教えてやろう。いま教えたら、おたくが妙な細工を思いつくかもしれないんでな」

「小細工なんかしねえよ。こっちは人質を取られてるんだ。そっちの命令に背いたら、亜由がひどい目に遭わされるだろうからな」

「いい心がけだ」

「鍋島はどうした？」

「そういう名に聞き覚えはないと言ったじゃないか。明日の指示を待つんだ」

相手が電話を切った。

百面鬼は通話終了ボタンを押した。それを待っていたように、着信ランプが瞬きはじめた。発信者は松丸だった。

「松、ワンボックスカーの男の正体はわかったか？」

「それが途中でマークした車を見失っちゃったんすよ。申し訳ないっす」

「ま、仕方ねえな。ワンボックスカーのナンバーは？」

「ナンバーはすべて黒いビニールテープで隠されてたっすよ。百さんのほうはどうだったの？」

「ちょっと思いがけない展開になったんだ。千代田太郎は、おれをテストしやがったんだよ」

　百面鬼はそう前置きして経緯を語った。

「そんな子供っぽいトリックはすぐに看破されちゃうでしょ？　千代田太郎は配下の者に〝教授〟が死んだかどうか、きっと確認させたにちがいないっすよ」

「そう思うか？」

「当然でしょ。おそらく千代田太郎は、百さんが細工をしたことをもう知ってると思うな」

「だったら、おれに何か言ってきそうだがな」

「明日あたり、獣姦ＤＶＤが……」

「松、てめえは面白がってやがるのかっ」

「別に面白がってなんかないっすよ。可能性がありそうな話だから、ストレートに言っただけっす」

「てめえはデリカシーがねえな。おれが小倉亜由の身をどれだけ案じてるか、松にゃ、ちっともわかってない。尾行も満足にできねえ半ちくな奴は糞して寝やがれ！」

「そこまで言うことないでしょ」

松丸が絡んできた。

「おまえは女友達がひとりもいないから、おれを妬んでるんじゃねえのか。松、そうなんだろうが？」

「イケメン気取りはやめてよ。似合わないことは言わないほうがいいと思うな。それに、自分だって、人質のことは心配してるっすよ」

「調子いいこと言うんじゃねえ。松は偽善者だ！」

「そんなふうに言うんだったら、おれ、もう百さんの手助けなんかしないっすよ」

「けっ、偉そうなことを言いやがって。てめえなんか、足手まといになるだけでえ。勝手にしやがれ」

百面鬼は荒々しく電話を切り、クラウンを急発進させた。

4

白い尻がうねりはじめた。

大胆な迎え腰だった。百面鬼は久乃の腰に両手を回し、リズムを合わせた。

代々木にある久乃の自宅マンションの寝室だ。百面鬼は後背位で律動を加えていた。久乃は、いつものように素肌に喪服を羽織っている。

亜由が相手でなければ、ノーマルなセックスはできないのか。

百面鬼は本気で悩みながら、右手を敏感な突起に伸ばした。それは硬く尖っていた。左手で、久乃の乳房を交互に愛撫する。

久乃がなまめかしく呻いた。嫋々とした声だった。

百面鬼はそそられ、動きを速めた。結合部の濡れた音が高くなった。

それから間もなく、久乃が頂点に達した。愉悦の唸りは太かった。内奥の締めつけが強くなった。悦びのビートがはっきりと感じ取れる。

百面鬼は短く呻き、そのまま弾けた。分身をひくつかせると、久乃は断続的に裸身を震わせた。それから彼女は、ゆっくりと俯せになった。百面鬼は両手で自分の体を支えながら、久乃の背に胸を重ねた。柔肌は火照っている。

百面鬼は萎えきるまで体を離さなかった。

結合を解くと、久乃は浴室に向かった。百面鬼は腹這いになって、サイドテーブルの上にあるオーデマ・ピゲに目をやった。あと五分ほどで、午前十一時になる。久乃は午後からフラワーデザイン教室に顔を出すことになっていた。

百面鬼は葉煙草(シガリロ)を喫いはじめた。一服し終えたとき、サイドテーブルの上で私用の携帯電話に着信があった。

携帯電話を顔に近づけると、例の脅迫者の声が響いてきた。

「おたくは、わたしを騙(だま)そうとしたな？」

「なんのことだっ」

「昨夜(ゆうべ)のことだよ」

「おれは、ちゃんと〝教授〟を殺(や)ったぞ」

「そうかな。おたくの彼女の部屋の前に、青いクーラーボックスが置いてある。すぐに中身を見に行け」

「クーラーには何が入ってるんだ？」

「自分の目で確かめてみるんだな。また、後で連絡する」

「いったい何だってんだよっ」

百面鬼は焦(じ)れて問いかけた。すでに先方の電話は切られていた。きのうの小細工がバレてしまったようだ。

百面鬼は急いでトランクスを穿(は)き、濃紺のガウンを着た。部屋の間取りは２ＬＤＫだった。リビングを抜け、玄関ホールに向かう。青いクーラーボックスはドアの横に置いてあった。百面鬼は部屋のドアを閉めてから、クーラーボックスを開けた。

次の瞬間、思わずのけ反った。氷詰めにされた〝教授〟の生首が入っていたからだ。鋭利な刃物で首を切断されていた。クーラーボックスの底には、薄まった血が溜まっている。

惨いことをするものだ。後で、生首をどこかに埋めることにした。

百面鬼はクーラーボックスを閉ざし、肩に担ぎ上げた。エレベーターで地下駐車場に降り、覆面パトカーのトランクルームに青いクーラーボックスを収める。キャリーケースは、前夜のうちにトランクルームに入れておいた。

百面鬼は六〇五号室に戻った。

久乃は、まだシャワーを使っていた。ひと安心して、寝室に戻る。ダブルベッドに腰かけたとき、またもや脅迫者から電話があった。

「生首と対面したか？」

「配下の者に元大学教授の首を切断させたんだなっ」

「そうだ。おたくが〝教授〟を狙撃しなかったんで、やむなくね。おたくは、わたしを軽く見てるようだな」

「小倉亜由にも何かしやがったのかっ」

「セントバーナードと交わらせた。そのときのＤＶＤを代々木のマンションに届けさせようか？」

「そんなＤＶＤは観たくもねえ。いま、亜由はどうしてる？」

「麻酔注射で眠ってるよ。犬に姦られたことがショックだったようで、彼女は自分の舌を嚙み千切ろうとした。それで、しばらく眠らせることにしたわけだ」

「てめえをいつか殺してやる！」

百面鬼は吼えた。

「その前にペーター・シュミットを亡き者にしてもらわないとな。また姑息なことをしたら、人質の指を切断することになるぞ」

「そんなことはしないでくれ。言われた通りにするよ」

「今度こそ約束を果たすんだぞ」

「わかった。早くシュミットの泊まってるホテルを教えてくれ」

「投宿先は六本木プリンセスホテルだ。しかし、そこでシュミットを狙うのは避けてもらう。アラブ産油国の政府高官が同じホテルに泊まってて、警護が厳しいんでな」

「それじゃ、どこでシュートすりゃいいんだ？」

「夕方六時にペーター・シュミットは、日本の難民救済活動家たちと白金にある

『春日(かすが)』という和食レストランで会食することになってる。そのとき、決行してくれ」

「予約席はわかってるのか？」

「道路側の角の個室席だ。営業時間は五時からだから、下見をしておくんだな」

電話が切られた。

百面鬼は追い詰められた気持ちになった。もはや小細工は通用しない。ペーター・シュミットには気の毒だが、死んでもらうほかないだろう。気分が重い。

「何かブランチを作るわね」

久乃がそう言いながら、寝室に入ってきた。純白のバスローブ姿だった。

「コーヒーだけでいいよ」

「竜一さん、なんか様子が変だわ。何かあったの？」

「いや、別に」

「何か困ったことが起きたのね。そうなんでしょ？」

「考え過ぎだって。何も困っちゃいないよ」

「わたし、悲しいわ」

「悲しい？」

百面鬼は訊き返した。

亜由のことをうっかり喋ったら、久乃は犯罪者に拉致されて屈辱的な扱いを受けたことを思い出すにちがいない。そんなことは話せなかった。

「ええ。だって、そうでしょ？　わたしに悩みを打ち明けられないってことは、まだ信用されてないからよね」

「そうじゃねえんだ」

「ね、話してみて」

「いいだろう、話すよ。実はな、おれはある失踪事件の極秘捜査をやってる。その事件に関与してる奴がこのマンションを嗅ぎ当てたようなんだよ」

「えっ」

「久乃に危害を加えるようなことはないと思うが、脅迫者はまともな人間じゃないんだ。何をするかわからない。久乃に恐怖や不安を与えたくないんだよ。それだから、四、五日、ホテルに泊まってくれないか。もちろん、できるだけ久乃のそばにいる」

「わたしを護ってね。それはそうと、竜一さんは命を狙われてるの？」

「いや、刑事のおれを殺すようなことはしないだろう。けど、久乃を人質に取るかもしれないんだ。だから、何日か姿を隠したほうがいいと思ったんだよ」

「監禁されたことがトラウマになってるから、わたし、とても不安だわ。言われた通りにします。ホテルはわたしが予約する」

「悪いな。久乃にまで迷惑かけちまって」

「水臭いことを言わないで。とりあえず、シャワーを浴びてきたら？」

久乃が促した。百面鬼は立ち上がり、浴室に足を向けた。

熱めのシャワーを浴び、全身を手早く洗う。浴室を出ると、コーヒーの香りが漂ってきた。ダイニングテーブルには、ビーフサンドと野菜サラダが並んでいた。百面鬼は寝室で身仕度をすると、食卓に着いた。

二人は差し向かいでブランチを摂りはじめた。

「余計なことを言うようだけど、署の人たちともう少しうまくやったほうがいいんじゃない？」

久乃が脈絡もなく言った。彼女は、百面鬼の裏の顔を知らない。

別段、善人ぶりたくてダーティー・ビジネスのことを隠しているわけではなかった。久乃に余計な心配をかけたくなかったのだ。

「おれはちょっとアクが強いから、誰もバディを組みたがらないんだよ。だから、いつも単独捜査をしてるんだ。そのほうが気楽だけどな」

「でも、今回のようなこともあるから、同僚とは上手につき合ったほうがいいと思うわ」

「そうだな。そのうち同僚たちを飲みに誘ってみるよ」

百面鬼はそう言い、ビーフサンドを頬張った。久乃を安心させるための嘘だった。

「味はどう？」

「うまいよ。コーヒーの味も最高だ」

「よかった。ホテルの予約をしたら、あなたに電話するわね」

「ああ、頼む。きょうは中目黒の教室から回りはじめるのか？」

「ええ、そのつもりよ」

「それじゃ、おれの車で中目黒まで送ろう」

「わたしはタクシーを使うから、竜一さんは職場に直行して。重役出勤ばかりしてると、陽の当たらない部署に飛ばされるんじゃない？」

「そうかもしれないな」

百面鬼は調子を合わせ、コーヒーを啜った。

食事を摂ると、彼は先に部屋を出た。エレベーターで地下駐車場に下り、クラウンに乗り込む。夕方まで、だいぶ時間がある。

〝教授〟の生首を山の中に埋めてやることにした。

百面鬼は覆面パトカーを八王子に向けた。裏高尾に着いたのは午後一時過ぎだった。

百面鬼は青いクーラーボックスを肩に担ぎ、山林の奥に分け入った。

折り畳み式のスコップを使って、四十センチ四方の穴を掘る。

百面鬼はクーラーボックスの中身を氷ごと落とし、土を埋め戻した。火を点けた葉煙草を垂直に土に突き立てる。線香代わりだ。

百面鬼はゆらゆらと立ち昇る煙を見ながら、経を唱えはじめた。子供のころに父に教え込まれた経文は滑らかに口から出てくる。息継ぎのタイミングも心得ていた。

弟は覚えが悪くて、よく父親に叱られていた。そのせいで、クリスチャンになってしまったのだろうか。そうなのかもしれない。

百面鬼は声明を高めながら、そんなことを考えていた。

経を唱え終えたとき、背中に視線を感じた。敵に尾行されていたのか。

百面鬼は振り返った。山道に六十年配の痩せた男が立っていた。ハイカーらしい。リュックサックを背負っている。

「そこで何をしてるのかな？　そんなとこをいくら掘っても、自然薯は見つからないよ」

「死んだ愛犬を埋めてたんだ」

百面鬼は言い繕った。

「それじゃ、ぶつぶつ言ってたのはお経だったのか」

「そう」

「それだけ手厚く葬られれば、死んだ犬も浮かばれるだろう。犬種はなんだったのかな？」

「ミニチュア・ダックスフントだよ」

「うちにも柴犬がいるんだ。犬好きに悪人はいないやね。それじゃ！」

男は片手を高く挙げ、ゆっくりと遠ざかっていった。

百面鬼はクーラーボックスを繁みの中に隠し、山道に引き返した。少し歩いて、覆面パトカーに乗り込んだ。

中央自動車道を使って、都心に戻る。港区白金にある『春日』を探し当てたのは午後の遅い時間だった。和風レストランは住宅街の中にあった。店構えは洒落ている。店の斜め前に八階建てのマンションが建っていた。

マンションの非常階段の踊り場から狙撃する気になった。

百面鬼はクラウンを数百メートル先で停め、徒歩でマンションまで引き返した。

自然な足取りで敷地内に入り、非常階段の下まで進む。昇降口には二本の鎖が差し渡されていた。

百面鬼は鎖の下を潜り抜け、中腰で階段を上がった。二階の踊り場は、あまり見通しがよくない。百面鬼は三階の踊り場に立ってみた。道路を挟んで、『春日』全体が見通せた。

ここからシュートするか。

百面鬼は腰を屈めながら、非常階段を下り降りた。

車に戻り、すぐに白金から離れる。有栖川宮記念公園の際にクラウンを寄せ、仮眠をとった。百面鬼は午後五時きっかりに覆面パトカーを走らせ、白金に戻った。夕闇が漂いはじめていたが、まだ暗くはない。

百面鬼はマンションの裏通りに車を停め、時間を稼いだ。

そっと車を降りたのは五時半だった。トランクルームからキャリーケースを取り出し、造園会社の植木畑に入る。好都合なことに誰もいなかった。植木畑の真裏がマンションだった。

百面鬼はコンクリートの万年塀を乗り越え、マンションの敷地に入った。姿勢を低くしながら、非常階段に走り寄る。

百面鬼は三階の踊り場に達すると、胡坐をかいた。キャリーケースを開けて、スナイパー・ライフルを手早く組み立てる。百面鬼は暗視スコープを取り付け、ライフル弾を二発だけ弾倉に詰めた。

いつの間にか、あたりは暗くなっていた。『春日』の軒灯が淡く瞬いている。店先の石畳は打ち水で濡れていた。

角の個室席の障子戸は閉まっていた。店内の様子はうかがえなかったが、障子越しに人影は見えない。まだペーター・シュミットは到着していないのだろう。

数分後、日本人の男女が四人ほど店内に吸い込まれた。シュミットと会食することになっている難民救済活動家たちかもしれない。

ほどなく角の障子戸に四つの人影が映った。

百面鬼はレミントンM700を水平に持ち、いつでも立ち上がれる姿勢をとった。『春日』の前に一台のタクシーが横づけされたのは六時数分前だった。

後部座席から金髪の中年男が降り立った。ペーター・シュミットだ。テレビや週刊誌のグラビアで見るよりも、幾らか老けている。連れの中年女性もタクシーを降りた。多分、彼女は通訳だろう。

百面鬼は立ち上がって、スナイパー・ライフルを構えた。シュミットは連れに何か話しかけている。

百面鬼は暗視スコープを覗きながら、シュミットの頭部に狙いを定めた。

シュミットたち二人が和食レストランの出入口に向かった。百面鬼は息を止めた。銃身のぶれがなくなった。

「偉大なるドクターよ、勘弁してくれ」

百面鬼は声に出して呟き、一気に引き金を絞った。

次の瞬間、シュミットの頭が西瓜のように砕け散った。連れの女性は立ち竦んで動かない。シュミットが前のめりに倒れ、微動だにしなくなった。

百面鬼は急いで狙撃銃を分解し、じきにキャリーケースを抱えた。非常階段を駆け降り、マンションの裏手に回る。

百面鬼は万年塀を乗り越え、植木畑を通り抜けた。キャリーケースを後部座席に投げ込み、慌ただしくクラウンに乗り込む。

「落ち着け。焦るんじゃない」

百面鬼は自分に言い聞かせ、シフトレバーをDレンジに入れた。

第三章　強(し)いられた暗殺

1

部屋のドアが閉まった。

久乃の靴音が小さくなった。仕事に出かけたのだ。ちょうど午前十時だった。

恵比寿(えびす)にある外資系ホテルの一室だ。前夜、チェックインしたホテルを教えてもらい、一緒に過ごしたのである。

百面鬼はベッドから出て、サービス用の朝刊を拡(ひろ)げた。昨夕の暗殺事件は、社会面のトップ扱いになっていた。

百面鬼は立ったまま、記事を読んだ。被害者のペーター・シュミットのことは詳しく報じられていたが、犯人の目撃証言はまったく載(の)っていなかった。

当分、捜査の手は自分には伸びてこないだろう。ひとまず安堵する。

百面鬼は新聞をコーヒーテーブルの上に投げ落とし、テレビの電源スイッチを入れた。

ソファに坐ったとき、画面が像を結んだ。映し出されたのは『春日』だった。

「ペーター・シュミットさんは、斜め前にあるマンションの非常階段のあたりから狙撃されたと思われます。しかし、犯人の遺留品(いりゅうひん)は何も見つかっていません」

三十代半(なか)ばの男性報道記者の顔が消え、八階建てのマンションが映し出された。非常階段がズームアップされたとき、百面鬼は少しばかり緊張した。

「シュミットさんは来日した五日前、六本木プリンセスホテルの玄関前で右翼団体に所属する若い男に日本刀で斬りかかられそうになりました。警察はその右翼団体が昨夕の事件に関与している疑いがあると見て、捜査を進めています。そのほか詳しいことはわかっていません」

報道記者がペーター・シュミットの経歴を紹介し、北朝鮮難民の救援活動について語りはじめた。

百面鬼はテレビの電源を切り、刑事用携帯電話(ポリスモード)を手に取った。本庁公安部公安第三課に警察学校で同期だった男がいる。郷卓司(ごうたくじ)という名で、同(おな)い年だった。

公安第三課は、主に右翼関係の情報収集と捜査を手がけている。百面鬼は公安第三課に電話をかけた。幸運にも、郷は職場にいた。

「新宿署の百面鬼だ」

「よう！　久しぶりだな。おまえの悪い噂は、いろいろ耳に入ってくるよ」

「そうかい」

「やりたい放題じゃないか。どんな手品を使ってるんだ？　百面鬼、おれにこっそり教えてくれよ」

「そのうち種明かしをしてやらあ。それはそうと、郷、ちょっと協力してくれねえか」

「おまえ、まさか大物右翼の情婦に手をつけたんじゃないだろうな」

「そんなんじゃねえよ。先日、難民救援活動家のペーター・シュミットが右翼の男に日本刀で斬りかかられそうになったよな」

「ああ。未遂事件だったんで、全国紙では大きく報じられなかったがね」

「加害者について、ちょっと教えてほしいんだよ」

「百面鬼、いつから公安関係の仕事をするようになったんだ？」

郷が言った。からかう口調だった。

「個人的に未遂事件に興味を持ったんだよ」

「そうなのか。六本木プリンセスホテルの前で緊急逮捕されたのは、黒岩広樹って奴だよ。二十七歳だったかな」

「所属団体は？」

「『大東亜若獅子会』だ」

「聞いたことのない団体だな。新しい団体なのか？」

「四年前にできた団体なんだ。行動右翼の羽柴澄隆が若い極右の連中に呼びかけて、会を結成したんだよ。といっても、会員は二十数人なんだがな」

「確か羽柴は、六、七年前に日本革新党の本部に殴り込みをかけた奴だったじゃねえか？」

「そう。その事件で、羽柴は一年半の実刑を喰らったんだ」

「ふうん。シュミットを叩っ斬ろうとした黒岩って男は、麻布署に留置されてるんだろう？」

「そうなんだ。しかし、黒岩は氏名と所属団体を明かしただけで、犯行動機や背後関係については完全黙秘してる」

「きのうの夕方の狙撃事件も『大東亜若獅子会』の犯行なんじゃねえのか？」

百面鬼は誘い水を撒いた。

「その線は充分に考えられるな。というのは、もう一年も前から羽柴は街宣車をドイツ大使館の前に毎週乗りつけて、ペーター・シュミットの北朝鮮難民大量亡命計画を阻止させろとがなりたててたんだよ」

「シュミットが日本人難民支援グループと接触したんで、行動右翼の連中は危機感を強めたんだろうな」

「ああ、おそらくね。しかし、公安関係者の一部は、シュミットの事件には羽柴は関わってないいんじゃないかと言い出してる」

「その根拠は？」

「狙撃者は、たったの一発でシュミットを仕留めてる。腕っこきのスナイパーの仕事にちがいないよ」

「羽柴が金でスナイパーを雇ったとも考えられるじゃねえか」

「おれもそう思ったんだが、『大東亜若獅子会』が過去四年間に引き起こした三件の犯行は、すべて会員が実行犯になってるんだよ。しかも凶器は日本刀や鉄パイプで、銃器は一度も使われてないいんだ」

郷が言った。

「五日前に黒岩が失敗踏んだんで、羽柴はスナイパーを雇う気になったんじゃないのか？」

「それは考えられそうだな。北朝鮮難民が大量に日本に亡命するようなことになったら、右寄りの連中は面白くないはずだ。何が何でもシュミットの北朝鮮難民大量亡命計画をぶっ潰(つぶ)そうとするだろう」

「おそらくな。羽柴の家(ヤサ)はどこにあるんだ？」

「千駄ヶ谷一丁目だよ。羽柴の自宅に『大東亜若獅子会』の本部が設けられてるんだ」

「そう。きのうの事件(ヤマ)の凶器の割り出しは？」

「ライフルマークから、凶器はレミントンM700と断定されたよ。ただ、犯人の遺留品(リュウ)は見つかってないんだ。目撃証言も得られなかったから、スピード解決とはいかないだろうな」

「ああ、そうだろう」

「百面鬼、おれには正直に話せよ」

「何を？」

「おまえが公安関係の事件に興味を持つなんて、どう考えても不自然だ。誰かに捜査情報を入手してくれって頼まれたんじゃないのか？　どこの新聞記者(ブンヤ)に小遣い貰(もら)ったんだ？」

「読まれちまったか。近いうち一杯奢(おご)るよ。そのとき、その記者の名を教えてやらあ。

それじゃ、そういうことで！」

百面鬼は言い繕って、そそくさと電話を切った。

葉煙草に火を点ける。前夜から百面鬼は、千代田太郎からの連絡を待ちわびていた。一刻も早く亜由の顔を見たかった。だが、脅迫者はなぜか何も言ってこない。

ペーター・シュミットの死は、マスコミで大きく取り上げられた。そのことを敵が知らないわけはない。それなのに、どうして連絡してこないのか。

苛立ちが募った。謎の脅迫者は自分に暗殺の代行だけさせて、そのうち人質を始末する気でいるのだろうか。そうだとしたら、こちらは罠に嵌められたことになる。

おれを利用だけして亜由を殺しやがったら、敵の奴らを皆殺しにしてやる！

百面鬼は胸の奥で吼えた。

そのとき、脳裏にシュミットの被弾時の姿が明滅した。鮮血と肉片の飛び散る様も蘇った。これまでに見城と組んだ裏ビジネスで、多くの悪党を闇に葬ってきた。人殺しそのものには馴れている。罪悪感は薄かった。

しかし、シュミットは悪人ではない。ヒューマニストを狙撃してしまった。なんとも後味が悪い。罪の意識は拭えなかった。

いまさら悩んでも仕方がないだろう。もうシュミットは故人だ。それに、喋ったこともないドイツ人の命よりも亜由の存在のほうがはるかに重い。狡い考えだが、それが本音だった。

百面鬼は喫いさしの葉煙草の火を揉み消した。

ほとんど同時に、携帯電話の着信音が響いた。脅迫者からの電話かもしれないと思ったが、相手は松丸だった。

「おれのこと、まだ怒ってます？」

「別に怒っちゃいねえよ」

「ペーター・シュミットが死んだこと、テレビのニュースで知りました。もう人質は解放されたんでしょ？」

「いや、まだだ。脅迫者は何も言ってこねえんだよ」

「マジっすか!?　もしかしたら、敵は百さんを利用して……」

「松、縁起でもないことを言うな」

「だけど、人質を解放する様子もないわけでしょ？　解放する気なら、もうとっくにリリースしてもいいはずっすよ」

「何か予測してなかったことが起こったのかもしれない」

「たとえば？」

「わからねえよっ」

百面鬼は、つい語気を荒らげてしまった。

「そういえば、〝教授〟はどうしました？　うまく新宿中央公園から逃げたんすか」

「いや、トリックは見破られちまったんだ」

「ええっ。それじゃ、〝元大学教授は……」

松丸が語尾を呑んだ。百面鬼は久乃のマンションに〝教授〟の生首が送りつけられたことを話した。

「残酷なことをするなあ。きっと敵は、しばらく人質を解放する気はないにちがいないっすよ。百さんに別の人間も狙撃させるつもりなんだろうな。だから、人質を解放しようとしないんでしょう」

「敵は、おれを殺し屋に仕立てる気だろうだって!?」

「そうなんでしょう。敵に心当たりはないんすか？」

松丸が問いかけてきた。百面鬼は、公安三課の郷から聞いた話を伝えた。

「その『大東亜若獅子会』がなんか怪しいっすね。脅迫者は羽柴って親玉なんじゃないっすか」

「ちょっと羽柴を揺さぶってみらあ」

「けど、相手はちょっと厄介な奴らっすよね。見城さんに協力してもらったほうがいいと思うな」

「今回の事件は、おれ個人がしょい込んだんだ。塞ぎ込んでる見城ちゃんに助けてもらうわけにはいかねえよ」

「だけど、危険すぎるでしょ？　百さんが頼みにくいんだったら、おれが代わりに見城さんに応援の要請をしてもいいっすよ」

「松、見城ちゃんに余計なことを言ったら、おまえを裏ＤＶＤの密売で逮捕るぜ」

「おれ、裏ＤＶＤを売ったことなんかないっすよ」

「知ってらあ。けどな、おれがその気になりゃ、どんな罪もフレームアップできる。そのことをよく憶えておきな」

「ひでえ刑事だな。おれ、見城さんには何も言わないっすよ。その代わり、自分に何か手伝わせてください。百さんはどうしようもない悪党刑事だけど、飲み友達っすから、死んでほしくないんすよ」

「いまのところ、松に助けてもらいてえことはないな」

「そうっすか。何かあったら、いつでも声をかけてくださいよね」

松丸が先に通話を切り上げた。

百面鬼は外出の準備に取りかかった。シェーバーで髭を剃り、芥子色のスーツを着込む。このホテルには、五日分の保証金を預けてあった。部屋は七〇八号室だった。

百面鬼は一階のグリルに入り、サーロインステーキを注文した。起きてから何も食べていなかった。

百面鬼はステーキを平らげると、すぐにグリルを出た。階段を使って、地下一階の駐車場に降りる。百面鬼は覆面パトカーを千駄ヶ谷に走らせた。

羽柴の自宅兼事務所を探し当てたのは正午過ぎだった。

老朽化した三階建ての店舗ビルである。一階は古美術店になっていた。二階が『大東亜若獅子会』の本部事務所で、三階が羽柴の住まいになっているようだ。二階と三階は外階段から出入りする造りになっていた。

百面鬼はクラウンを路上に駐め、古美術店に足を踏み入れた。
三十三、四歳の和服を着た女が店番をしていた。陳列ケースの中には、漆器や陶器が入っていた。
「いらっしゃいませ。どのような物をお探しでしょう？」

女が愛想よく訊いた。和風美人だ。

「悪いが、客じゃないんだ。ここは、羽柴澄隆さんのお宅だよね？」

「はい、そうです。わたし、羽柴の妻です。失礼ですが、どちらさまでしょう？」

「新宿署の者だよ」

百面鬼は警察手帳を見せた。

「羽柴が何か問題を起こしたのでしょうか？」

「そういうわけじゃないんだ。五日前に麻布署に捕まった黒岩広樹のことで、ちょっと話を聞きたいと思ってね」

「黒岩君とは面識があるのですか？」

「数年前に歌舞伎町で喧嘩騒ぎを起こしたとき、こっちが事情聴取したんだよ」

「そうだったんですか」

羽柴の妻は、百面鬼の作り話を少しも疑わなかった。

「黒岩がドイツ人の難民救援活動家に日本刀で斬りかかろうとしたと知って、びっくりしたよ。彼は虚勢を張ってるが、案外、気が弱いからね」

「ええ、わたしも驚きました」

「黒岩は完全黙秘をしてるようだが、どうしても犯行動機がよくわからなくてね。で、羽柴会長にそのあたりのことを聞きに来たんだ。ご主人は？」

「二階にいます。階下に呼びましょうか」

「いや、こっちが二階に行くよ」

百面鬼はいったん店を出て、鉄骨階段を上がった。二階の出入口には、『大東亜若獅子会』の看板が掲げてあった。

インターフォンを鳴らすと、迷彩服に身を固めた若い男がドアを勢いよく開けた。

百面鬼は正体を明かし、羽柴に取り次いでくれるよう頼んだ。応対に現われた男は奥に向かい、待つほどもなく引き返してきた。

「お目にかかるそうです。どうぞお入りください」

「お邪魔するよ」

百面鬼は室内に入った。迷彩服姿の男たち数人が事務机に向かって、パンフレットを黙々と封筒に入れている。

会長の羽柴は、パーティションで仕切られた小部屋にいた。着流し姿だった。角刈りで、男臭い顔立ちだ。

羽柴が両袖机に向かったまま、机の前に置かれた回転椅子を手で示した。

「どうぞお掛けください。部屋が狭いんで、ソファセットを置けないんですよ」

「そうみたいだね」

百面鬼は回転椅子に坐った。

「てっきり渡世人かと思いましたよ」

「育ちが悪いんで、柄が悪く見えるんだろうな」

「いえ、いえ。黒岩のことで何かお知りになりたいとか」

「単刀直入に言おう。五日前、黒岩にペーター・シュミットを襲わせたのはあんたじゃねえのか」

「何をおっしゃるんです!? 先日の事件は、黒岩が勝手にやったことですよ。わたしは何も関与していません」

「そうかい。あんた、シュミットの活動をどう思ってる? 北朝鮮難民大量亡命計画のことだよ」

「シュミットの活動は評価できませんね。それどころか、正直に言うと、苦々しく思っていました」

「だろうな」

「シュミットが北朝鮮難民を日本に亡命させるようだったら、体を張ってでも、それを阻止するつもりでした。そのことは常々、若い者たちに言ってたんですよ。ですが、わたしが黒岩にペーター・シュミットを叩っ斬れと命じたことはありません」

「あくまでも黒岩が独断でやったことだと?」

「実際、その通りなんですよ。警視庁の公安は、五日前の事件にわたしが関与してると疑ってるようですが、本当に何も指示してません」

羽柴が昂然と言った。

百面鬼は無言でショルダーホルスターから、拳銃を引き抜いた。スライドを滑らせ、銃口を羽柴の心臓部に向ける。

「刑事さん、冗談が過ぎますよ」

「遊びなんかじゃねえ。あんた、小倉亜由を知ってるんだろ？」

「初めて耳にする名ですね。その女は、どこの誰なんです？」

羽柴が問いかけてきた。

「その質問には答えられねえな。鍋島和人のことは？」

「その名前にも記憶がありません」

「そうかい」

百面鬼は引き金の遊びを絞った。

羽柴がぎょっとして、椅子ごとキャビネットすれすれまで退がった。その目は、明らかに戦いている。

「もう一度、訊く。黒岩に何かを命じたことはないんだなっ」

「は、はい」

「小倉亜由や鍋島和人も知らない？」

「ええ、どちらも知りません。刑事さん、物騒な物は早くしまってくれませんか」

「一度、死んでみるか？」

百面鬼はゆっくりと立ち上がり、シグ・ザウエルP230JPの銃口を羽柴の左胸に強く押しつけた。

羽柴の眼球が一段と盛り上がった。唇も震えていた。いまにも泣き出しそうな表情だ。

「くたばっちまえ！」

百面鬼は引き金を絞る真似をした。羽柴が奇妙な声を発し、椅子から転げ落ちた。すぐに彼は両手で頭を抱え、机の下に潜り込んだ。

この男はシロだろう。百面鬼は自動拳銃をホルスターに戻し、小部屋を出た。

迷彩服の男たちが一斉に険しい顔を向けてくる。百面鬼はサングラスの下から、男たちを順番に睨めつけた。男たちが相前後して後退した。

百面鬼は薄く笑って、『大東亜若獅子会』の本部事務所を出た。鉄骨階段を一気に下り、覆面パトカーに足を向けた。

数十メートル進んだとき、携帯電話に着信があった。百面鬼は道端にたたずみ、携帯電話を耳に当てた。

「わたしだ。昨夕はご苦労さんだったね。礼を言うよ」

脅迫者だ。相変わらず声はくぐもっていた。

「連絡が遅(おせ)えじゃねえかっ。おれはシュミットを殺(や)ったんだ。約束通り、亜由を早く解放しろ。どこに迎えに行けばいい？」

「残念ながら、まだ人質は渡せないな」

「約束を反故(ほご)にするなんて、汚(きたね)えじゃねえかっ」

「おたくが怒るのは無理もない。しかし、こちらの命令には絶対に従ってもらう。次の標的は現内閣の森内徹(もりうちとおる)経済産業大臣だ」

「なんで経産大臣を暗殺しなきゃならねえんだっ」

「森内の政策はデフレ不況のカンフル剤になるどころか、逆に景気回復の足を引っ張ることになった。森内経産大臣の暴走を喰い止めないと、そう遠くない日に日本経済は破綻(はたん)してしまうだろうな。だから、奴を葬る必要があるんだよ」

「いったい何を企(たくら)んでやがるんだ？」

百面鬼は訊いた。

「その質問にはノーコメントだ。森内も一発で仕留めてくれ」

「もう後味の悪い殺人(コロシ)はごめんだ！」

「命令に逆(さか)らう気なら、これからすぐに人質を始末する。それでも、いいのかな？」

「くそっ、人の弱みにつけ込みやがって！　人間じゃねえ」

「どうする？」

「亜由を殺さないでくれ」

「わかった。それでは、おとなしく次の指示を待つんだ。いいな？」

相手の声が途絶(とだ)えた。

百面鬼は唸りながら、携帯電話を強く握り込んだ。狡猾(こうかつ)な敵に振り回されつづけている自分が情けなかった。しかし、対抗の方策がない。

2

方南一丁目に入った。

百面鬼は覆面パトカーの速度を上げた。

『方南フラワーレジデンス』は百数十メートル先にある。百面鬼は無駄を承知で、もう一度、鍋島和人の部屋を検(しら)べてみる気になったのだ。亜由を人質に取った千代田太郎は鍋島のことは知らないと言ったが、その言葉を鵜呑みにはしていなかった。

鍋島の失踪と亜由の拉致は、どこかで繋がっているのではないか。単なる勘だったが、その思いは依然として消えていなかった。

目的のマンションの前には、見覚えのある黒いワンボックスカーが駐めてあった。先夜、スナイパー・ライフルを新宿中央公園に届けにきた使いの者が乗っていた車だ。

百面鬼は覆面パトカーのクラウンを目的のマンションの数十メートル手前に停めた。

さりげなく車を降り、鍋島の部屋を見上げる。四〇三号室には電灯が点いていた。鍋島が何者かに痛めつけられ、持ち出した特許技術の開発データを自宅に隠していると白状したのだろうか。

百面鬼はワンボックスカーに近づいた。

ピッキング道具を使って、ドア・ロックを解く。ライターの炎で車内を照らすと、後部座席に迷彩服が載っていた。

百面鬼はグローブボックスから、車検証を取り出した。車の所有者は羽柴澄隆だった。

羽柴はてっきり怯えていると思っていたが、あれは芝居だったのか。そうだとしたら、ずいぶんと侮られたものだ。

百面鬼は車検証をグローブボックスに戻し、ワンボックスカーのドアを閉めた。それから、すべてのタイヤのエアを手早く抜いた。

百面鬼は『方南フラワーレジデンス』に入り、エレベーターで四階に上がった。

四〇三号室のドアに耳を押し当てる。室内に人のいる気配が伝わってきた。ワンボックスカーを運転していた男が特許技術の開発データを物色中なのだろう。

百面鬼はドア・ノブに手を掛けた。

ロックはされていなかった。百面鬼は静かに玄関の三和土に入った。拳銃を握り、土足のまま奥に進む。

丸刈りの男がベッドの下を覗き込んでいた。二十代の半ばだろう。白い綿ブルゾンを着ていた。下は黒っぽいカーゴパンツだ。

「探し物は見つかったか？」

百面鬼は声をかけた。

丸刈りの男が驚いて、上体を起こした。自動拳銃を見て、目を剝く。

「『大東亜若獅子会』の者だなっ」

「…………」

「日本語、忘れちまったのか。なら、思い出させてやろう」

百面鬼は男に銃口を向けた。

「う、撃たないでくれ」

「質問に答えな。羽柴んとこの若い衆だな？」

「そうだ」

「名前は？」

「神崎、神崎正臣だよ」

「この部屋で何を探してた？」

「えっ、それは……」

神崎と名乗った男が口ごもった。

百面鬼は前に踏み出し、神崎の腹を蹴った。靴の先は深く埋まった。

神崎が腹に片手を当て、前のめりになった。百面鬼は一歩退がって、神崎の顔面を蹴り上げた。神崎が後ろに倒れた。仰向けだった。

百面鬼は相手の肋骨を踏みつけた。神崎が長く唸りながら、手脚を縮めた。口許は鼻血で汚れていた。

「まだ喋る気にならねえか。どうなんでえ！」

「バ、バイオ食品研究所の特許技術の開発データを探してたんだよ」

「鍋島を痛めつけて、ようやく口を割らせたんだな？」

「ああ。でも、偽(ガセ)を喰わされたみてえなんだ。いくら探しても、肝心な物は見つからなかった。鍋島はベッドの下に隠してあると言ってたんだが……」

「てめえらは一杯喰わされたんだよ。おれもこの部屋を物色したが、USBメモリーもなかった」

「くそっ、鍋島の野郎！」

「鍋島の監禁場所を吐いてもらおうか」

百面鬼は片方の膝をフローリングに落とし、銃口を神崎の脇腹に突きつけた。

「それを言ったら、おれは羽柴会長に殺されちまう。だから、もう勘弁してくれないか」

「泣き言はみっともねえぜ。てめえは行動右翼なんだろうが！」

「でも、命は惜(お)しいよ」

「吐く気がねえんだったら、おれがてめえを撃ち殺す」

「やめろ、やめてくれ。鍋島は会長の愛人(レコ)の自宅に閉じ込めてある。奴の彼女の小倉亜由も一緒だよ」

「その家は、どこにある？」

「雑司(ぞうし)が谷(や)二丁目だよ」

「羽柴の愛人の名は？」

「今藤安奈（いまふじあんな）っていうんだ。まだ二十四歳だけど、色っぽい女だよ。以前、着物のモデルをやってたって話だったな」

「安奈の自宅は戸建てなんだな？」

「ああ、そうだよ。借家だけど、割に広い庭付きなんだ」

「そこに見張り（シキテン）は何人いる？」

「いまは、ひとりだけだよ」

「そうかい。羽柴は未申請の特許技術の開発データを手に入れたら、どうする気でいるんだ？」

「おそらく会長は、『北斗フーズ』のライバル会社に高く売りつける気なんだと思うよ」

神崎が言った。

「ライバル会社というと、『旭洋食品』あたりだな？」

「そういうことになるだろうね」

「羽柴は特許技術の開発データを売った金を活動資金にして、何かとんでもねえことをやろうとしてやがるな？」

「さあ、そのへんのことはよくわからない」

「とぼけんじゃねえ。おれは、なんの恨みもねえペーター・シュミットを狙撃させられたんだ。その上、千代田太郎、いや、羽柴澄隆は次に森内経産大臣を始末しろと言ってきやがった。羽柴はおれに暗殺代行を強いて、歪んだ野望を遂げる気でいるにちがいねえ」

「おれは下っ端だから、会長が何をやろうとしてるか、本当によく知らないんだ」

「ホームレスの〝教授〟の首を切断したのは誰なんでえ？」

「おれだよ。気が進まなかったんだが、会長の命令には逆らえないからな。羽柴会長は、ホームレスやネットカフェ難民が大っ嫌いなんだ。そういう奴らは愛国心の欠片もないから、抹殺すべきだと言ってる。おれも、そう思うね。でも、〝教授〟の首を切断したときはちょっとかわいそうだったよ」

「てめえは冷血漢だっ」

百面鬼は言って、神崎の胸板に肘打ちを見舞った。神崎が不揃いの歯列を剥き、長く唸った。

「立ちな」

百面鬼は神崎から離れた。

「おれをどうするつもりなんだ!?」

「羽柴の愛人んとこに案内しろ」

「それだけは勘弁してほしいな。監禁場所をちゃんと教えてやったんだから、自分ひとりで乗り込んでくれよ。その間に、おれは遠くに逃げてえんだ」

「そうはさせねえ。てめえは、おれの弾除けだ。早く起きやがれっ」

「ツイてねえや」

神崎がのろのろと立ち上がり、手の甲で鼻血を拭った。

百面鬼は拳銃で威嚇しながら、丸刈りの男を部屋から連れ出した。マンションを出ると、彼は神崎を覆面パトカーの運転席に坐らせた。自分は助手席に腰を沈め、神崎の脇腹に銃口を押し当てた。

「車を出せ！」

「とんだ厄日だな」

神崎がぼやいて、クラウンを荒っぽく発進させた。

「鍋島と亜由は同じ部屋に監禁されてるのか？」

「別々だよ。亜由が階下の部屋で、鍋島は二階の納戸に閉じ込めてあるんだ」

「セントバーナードは安奈の飼い犬なのか？」

「いや、そうじゃない。会長が知り合いから借りてきて、人質と獣姦をやらせたんだよ。

獣姦ＤＶＤは観たことがあるけど、ライブショーは初めてだった。眺めてるだけで、けっこう興奮したよ。セントバーナードはちょうど盛りがついてたんで、ひたすら腰を使ってた」

「くだらないことを言うんじゃねえ」

百面鬼は舌打ちした。亜由の屈辱感は想像以上だったにちがいない。百面鬼は、羽柴に烈しい憤りを覚えた。

羽柴の見ている前で、安奈を姦ってやるか。その程度では気が収まらない。神崎に羽柴のオカマを掘らせてやろう。百面鬼は胸底で誓った。

そのとき、神崎が落ち着かない様子で話しかけてきた。

「ちょっと車を停めさせてくれねえかな」

「小便でもしたくなったか？」

「そうじゃなく、でっかいほうをしたくなったんだ」

「我慢しろ」

「無理だよ。あっ、漏れそうだ。尻の穴がむずむずしてきた。逃げたりしねえから、コンビニかどこかのトイレを借りさせてくれよ」

「締まらねえ野郎だ。前方の右手に公園が見えてきたな。公園のトイレで用を足せ」

百面鬼は命じた。

神崎はぶつくさ言いながらも、命令に従った。児童公園の際に覆面パトカーを寄せると、シフトレバーをＰレンジに移した。百面鬼は先にクラウンを降り、運転席側に回り込んだ。神崎が腹を押さえながら、車から出てきた。

園内にはトイレはなかった。神崎は滑り台の陰に駆け込み、カーゴパンツとトランクスを膝のあたりまで下げた。近くには灌木が植えられている。

神崎が野糞するところなど見たくもない。

百面鬼は拳銃をホルスターに突っ込み、葉煙草をくわえた。

ふた口ほど喫いつけたとき、滑り台の向こうで乱れた足音がした。百面鬼は振り返った。神崎がカーゴパンツを引っ張り上げながら、奥のフェンスに向かって走っていた。すぐに百面鬼は追った。

神崎の逃げ足は、おそろしく速かった。あっという間にフェンスに達し、軽々と跨ぎ越えた。

公園の向こうは民家だった。

百面鬼は公園の脇の出入口から飛び出し、裏通りまで疾駆した。だが、民家の前の路上に人影は見当たらない。

近くに隠れているのだろう。百面鬼は一軒一軒、民家の庭先を覗き込んだ。ガレージの陰にも目を凝らした。だが、神崎はどこにもいなかった。

忌々しいが、諦めるほかない。

百面鬼は表通りに引き返し、クラウンを羽柴の愛人宅に向けた。

安奈の自宅を探し当てたのは、およそ五十分後だった。木造モルタル塗りの二階家だ。敷地は六、七十坪だろうか。

百面鬼はクラウンを数軒先の生垣の横に駐め、安奈の家に引き返した。窓から電灯の光が洩れている。低い門扉は、ぴたりと閉ざされていた。

百面鬼は門扉の内鍵を静かに外し、庭に足を踏み入れた。抜き足で建物に近づき、外壁に耳を押し当てる。

人の話し声もテレビの音声も聞こえない。

百面鬼は家屋の裏に回り、台所のドアに忍び寄った。台所の窓は暗かった。百面鬼は万能鍵を用いて、ドアのロックを解いた。

土足のまま、台所に忍び込む。神崎の話によると、亜由は階下のどこかに監禁されているらしい。

百面鬼は自動拳銃を手にして、ダイニングルームに移った。電灯が煌々と点いていたが、人の姿はなかった。見張りの男は、亜由と同じ部屋にいるのか。犬の嗅覚は鋭い。セントバーナードが侵入者に気づいてもよさそうだが、唸り声は耳に届かなかった。

百面鬼は居間を覗き、階下の和室と洋室も検べてみた。しかし、どの部屋にも亜由は閉じ込められていなかった。

児童公園から逃げた神崎が羽柴に電話をしたのだろうか。それで、敵は慌てて鍋島と亜由を別の場所に移したのかもしれない。

多分、そうなのだろう。そして、羽柴は手下の者に自分を迎え撃たせる気でいるにちがいない。

百面鬼は拳銃を構えながら、階段を慎重に昇りはじめた。

二階に上がっても、何事も起こらなかった。廊下の左側に三室が並び、右側に納戸、洗面室、トイレがあった。

百面鬼は先に納戸、洗面室、トイレの中を検めた。どこにも、人は潜んでいなかった。どういうことなのか。

百面鬼は首を捻りながら、左側のふた部屋を検べた。やはり、誰もいなかった。

残るは奥の一室だけだ。その部屋に近づくと、ドア越しに若い女の喘ぎ声が響いてきた。ベッドマットの軋みも聞こえた。

羽柴が愛人の安奈と肌を重ねているのだろう。

百面鬼はノブに手を掛けた。施錠はされていない。ノブを静かに回し、ドアを細く開ける。ダブルベッドの上で、全裸の男女が交わっていた。仰向けに横たわっているのは、羽柴だった。

羽柴の腰には、二十四、五歳の女が打ち跨がっていた。安奈だろう。女は腰を上下に弾ませている。二つの乳房は、ゆさゆさと揺れていた。果実のような乳房だった。

羽柴は軽く目を閉じ、下から若い女を突き上げていた。安奈が白い尻を大きく旋回させはじめた。

百面鬼は寝室のドアを乱暴に押し開けた。ベッドの二人が動きを止めた。

「お娯しみはそこまでだ」

百面鬼は裸の二人に銃口を向けた。

安奈が弾かれたように羽柴から離れた。飾り毛は、そっくり剃り落とされていた。ぷっくりとした恥丘は生白かった。剥き出しの亀裂は、だいぶ黒ずんでいる。

「二人とも騒ぐんじゃねえぞ」

百面鬼は凄んでベッドに歩み寄った。

安奈が床に坐り込み、両膝を抱え込んだ。切れ長の目が色っぽい。いかにも和服が似合いそうな顔立ちだった。

「あんたが、どうしてこんな所にいるんだ!?」

羽柴が上半身を起こした。

「鍋島の自宅マンションを物色中の神崎って野郎が何もかも吐いた。てめえが千代田太郎だったんだなっ。鍋島も亜由も知らねえだと!? よくもおれを騙しやがったな。神崎から連絡があったんで、てめえは大急ぎで鍋島と亜由を別の場所に移した。そうだなっ」

「待てよ。神崎って、誰のことなんだ?」

「ワンボックスカーを乗り回してる丸刈りの野郎だよ。奴は『大東亜若獅子会』の一員であることを認めた。もう観念しろ」

「神崎なんて名の会員はいない」

「粘っても意味ねえぞ。おれは、ワンボックスカーの車検証を見たんだ。車は、そっちの名義になってた。神崎がてめえんとこの若い者だって証拠じゃねえかっ」

「そのワンボックスカーは、半月ほど前に路上駐車中に盗まれたんだ。本当に神崎なんて会員はいない」

「ワンボックスカーは盗まれただと!?」

「ああ。代々木署に盗難届を出してあるから、確認してほしいね。それから同じことを繰り返すが、鍋島という男も亜由という娘もまったく知らない。嘘じゃないよ。おそらく神崎とかいう奴は、おれに濡衣(ぬれぎぬ)をおっ被(かぶ)せようと画策したんだろう」

「てめえこそ、またおれを騙そうとしてるんじゃねえのかっ」

「何を言ってるんだ」

「正直にならねえと、安奈って愛人(レコ)を姦(や)っちまうぞ。神崎は、てめえの情婦(おんな)の家(ヤサ)まで教えてくれたんだ。てめえの手下だから、そこまで知ってるんだろうが！」

「その男は最初っからおれを嵌(は)めるつもりで、身辺を調べ回ってたんだろう。で、おれが安奈の世話をしてることを知ったんだと思うよ」

「まだ信じられねえな、そっちの言葉は」

百面鬼はベッドを回り込み、安奈を立ち上がらせた。片腕を摑(つか)んだまま、銃口を乳房に密着させた。

「おれの質問に素直に答えないと、引き金を絞るぞ」

「撃たないで！　知ってることは何でも喋るわ」

安奈が震え声で言った。

「それじゃ、最初の質問だ。この家に男と女がひとりずつ監禁されてたんじゃねえのか？」

「ううん、誰も監禁なんかされてなかったわ。ほんとよ」

「そっちのパトロンの知り合いにセントバーナードを飼ってる奴は？」

「いないわ」

「そうか」

百面鬼は羽柴に顔を向けた。

「セントバーナードを飼ってる知り合いはいないよ」

「嘘じゃねえな？」

「おれの知り合いの名前と住所をすべて教えてやるから、自分で確かめに行ってくれ！」

羽柴が開き直って、声を張り上げた。芝居を打っているようには見えなかった。

どうやらミスリード工作にまんまと引っかかってしまったようだ。なんとも腹立たしい。

百面鬼は目顔で羽柴と安奈に詫び、そそくさと寝室を出た。

3

標的が立ち止まった。

首相官邸の玄関先だった。百面鬼は、森内経済産業大臣の頭部に照準を合わせた。

羽柴を締め上げた翌日の夕方だ。正午前に件（くだん）の脅迫者から電話があって、森内のきょうの日程を伝えてきたのである。

百面鬼は首相官邸から百四、五十メートル離れたオフィスビルの屋上にいた。あたりは薄暗かった。

百面鬼は引き金の遊びを絞った。

ちょうどそのとき、十数人の報道記者が森内大臣を取り囲んだ。俗に〝ぶら下がり〟と呼ばれている突撃取材だった。大臣は、にこやかな表情で記者のインタビューに応じはじめた。記者たちの背後には三人のSP（セキュリティ・ポリス）が見える。

SPたちは懐にグロックか、ベレッタを呑んでいる。シグ・ザウエルP230JPやS&WのM3913を携行している者もいた。拳銃弾がここまで届くことはないが、彼らは侮れない。ほとんどが射撃術上級だった。

五分ほど経つと、ＳＰのひとりが記者たちを追い払った。一瞬、森内大臣がノーガードになった。

百面鬼は撃った。

放ったライフル弾は、わずかに的から逸れた。衝撃波を感じた森内がその場にしゃがみ込んだ。三人のＳＰが相前後して、自動拳銃を取り出す。ひとりが森内経産大臣を抱えるようにして、敏捷に物陰に導いた。ほかの二人は左右に散った。

二弾目で仕留めたい。

百面鬼は深呼吸し、逸る気持ちを鎮めた。弾倉には、二発しかライフル弾を詰めなかった。装弾数が多いと、どうしても気が緩む。そのため、わざと二発しか装塡しなかったのだ。

森内大臣が巨身のＳＰに誘導され、黒塗りのセンチュリーに足を向けた。

百面鬼は森内の額に狙いを定めた。引き金を絞ろうとしたとき、鳩の群れが眼前をよぎった。それで、狙撃のチャンスを奪われた。

レミントンＭ700を構え直したとき、すでに森内大臣はセンチュリーの後部座席に乗り込んでいた。

「なんてこった」

百面鬼はスナイパー・ライフルを引っ込め、すぐに身を屈めた。傍に置いた道具を拾い上げ、上着の内ポケットに収める。百面鬼は狙撃銃を手早く分解し、キャリーケースの中に入れた。

暗殺が未遂に終わったと知ったら、千代田太郎は何らかのペナルティーを科すにちがいない。また亜由は、セントバーナードに後ろから穢されることになるのか。

百面鬼は暗然とした気持ちで、エレベーターホールに急いだ。

一階まで下り、オフィスビルの裏手に回る。路上に駐めた覆面パトカーの運転席に坐ると、正体不明の脅迫者から電話がかかってきた。

「森内大臣を殺ってくれたか？」

「しくじっちまったんだ」

「わざと的を外したんじゃないのかっ。おたくの射撃術なら、撃ち損なうはずない。現にペーター・シュミットは一発で仕留めた」

「森内は三人のSPに警護されてたんで、ちょっと緊張しちまったんだよ。けど、次は必ず撃ち倒す。森内は午後八時から、築地の『喜久川』って料亭で財界人たちと会うことになってるんだったよな？」

「ああ。スケジュールに変更はないだろう」

「そうか。ところで、神崎正臣はどうしてる？」

百面鬼は鎌をかけた。

「神崎？　誰なんだ、そいつは？」

「空とぼけるなって。おれにスナイパー・ライフルを届けにきた丸刈りの男だよ。神崎は羽柴名義のワンボックスカーを盗って、『大東亜若獅子会』のメンバーだと言った。おれは奴の言葉をつい信じて、羽柴を締め上げに行った。けど、羽柴はシロだった。あんたの偽装工作はなかなか手が込んでた。それだけ悪知恵が発達してるんだろうな」

「そこまで見抜かれてしまったなら、とぼけても意味ないな。おたくが言ったように羽柴の犯行に見せかけようとしたんだよ」

「羽柴に何か恨みでもあるのか？」

「恨みはない、別に。ただ、濡衣を着せるには最適な人物だと思っただけさ」

「羽柴を知ってるってことは、あんたも右寄りなんだな？」

「その質問には答えないでおこう。うっかりヒントを与えたら、こちらが尻尾を掴まれることになるだろうからな」

「悪党め！」

「今夜中に森内大臣を始末しなかったら、小倉亜由の手の指を一本、切断する。いや、先に片方の耳を削ぎ落としてやるか」

「森内は今夜中に片づける。だから、亜由には何もするな」

「わたしだって、好き好んで残忍なことをしてるわけじゃない。しかし、目的を達成することが何よりも大事なんだ。そのためには、鬼にも悪魔にもなる」

「あんたの野望は何なんだ？　ホームレスの元大学教授の首まで切断させたんだから、要人の暗殺だけが目的じゃないんだろ？　いったい何を考えてるんだっ」

「少々、喉が渇いてきた。お喋りはこのへんでやめよう」

脅迫者が電話を切った。

百面鬼は通話を切り上げると、すぐに松丸に電話をかけた。ツーコールで繋がった。

「松、営業中か？」

「うん、まあ。でも、少し前に盗聴器を見つけ出したから、もう仕事は終わったようなもんすよ」

「そうか。実はな、そっちに助けてもらいてえことがあるんだ。松、探偵の真似事をしてくれねえか」

「誰かの女関係を調べるんすか？」

「そうじゃねえよ。失踪中の鍋島和人の交友関係や縁者をおれの代わりに洗い直してほしいんだ」

「急にまた、どうして？」

松丸が訊いた。

「例の千代田太郎が鍋島を監禁してるとしたら、拷問してでも、特許技術の開発データの隠し場所を吐かせようとするんじゃねえか。それで開発データを手に入れたら、すぐに鍋島を始末する気になるだろう」

「ま、そうだろうね」

「けど、鍋島の死体はいまも発見されてない。千代田太郎が亜由と鍋島の二人を監禁してると思ってたが、そうなのかどうかはっきりしねえんだ」

「百さん、どうも話がよくわからないんだけど……」

「千代田太郎は、人質に取った亜由をおれと電話で話させてくれた。けど、鍋島を電話口に出したことはねえんだよ」

「もしかすると、鍋島は千代田太郎に監禁なんかされてないかもしれない？」

「ああ。別に根拠があるわけじゃないんだが、鍋島の失踪騒ぎは狂言だった可能性もありそうなんだ」

百面鬼は神崎を痛めつけ、羽柴の愛人宅に押し入ったことを話した。

「神崎って奴は、羽柴が愛人宅に鍋島と小倉亜由の二人を監禁してると言った。だけど、それは百さんの目を逸らすための嘘だったんじゃないか。そういうことっすね？」

「そう。敵は、羽柴の犯行と思わせるような小細工をしたことを認めた。鍋島が無断でバイオ食品研究所から持ち出した特許技術の開発データを狙ってる振りをするぐらいは朝飯前だろう」

「そうだったとしたら、鍋島は敵の一味ってことになるっすよね？」

「そうなのかもしれねえんだ。だから、松に鍋島の交友関係や身内のことを洗い直してもらいてえんだよ」

「いいっすよ」

松丸が快諾した。百面鬼は鍋島に関する予備知識を与えてから、通話を切り上げた。

暗殺未遂事件で、まさか自分はマークされてはいないだろうが、気になってきた。

百面鬼は、久しぶりに警察無線のスイッチを入れた。警視庁通信指令本部とパトカーの交信が流れてきた。

百面鬼は葉煙草を吹かしながら、遣り取りに耳を傾けた。都内の特別養護老人ホームが相次いで七カ所爆破され、多くの死傷者が出たようだ。いずれも何者かが各特別養護老人ホームに時限爆破装置を仕掛けたらしい。

数百人の老人が死んで、福祉関係者たちも大勢犠牲になったようだ。また交信内容から、正午前に飯田橋の公共職業安定所(ハローワーク)が爆破されたこともわかった。その事件でも、失業中の中高年男女が大勢命を落とした模様だ。

高齢者や失業者たちを狙った犯行のようだ。弱者を虫けらのように殺すのは、蛮行(ばんこう)と言えるだろう。冷酷そのものだ。

百面鬼は義憤(ぎふん)を覚えながら、無線を所轄系に切り替えた。

森内経済産業大臣暗殺未遂事件の発生で、所轄署の全パトカーは出動中であることがわかった。永田町界隈(かいわい)に検問所が設置されるのは時間の問題だろう。

自分も巡回する振りをすることにした。

百面鬼は警察無線のスイッチを切り、キャリーケースをトランクルームに隠した。運転席に戻り、覆面パトカーの屋根(ルーフ)に磁石(じしゃく)式の赤色灯を装着する。けたたましくサイレンを鳴らしながら、首相官邸から遠ざかりはじめた。永田町周辺には、早くも幾つも検問所が設けられていた。

一般車輛(しゃりょう)はことごとく停止させられている。数珠(じゅず)繋ぎになった乗用車やタクシーを追い抜き、百面鬼は堂々と検問所を突破した。

赤いパイロンを並べていた若い制服警官は、わざわざ百面鬼のクラウンに敬礼した。

森内を撃ち損なった犯人が素通りしたとは、夢にも思っていないだろう。

「真面目一方じゃ、出世できねえぞ」

百面鬼はミラーに映った制服警官に言いながら、スピードを上げた。

日比谷交差点を突っ切り、晴海通りを直進する。百面鬼は晴海ふ頭まで進み、倉庫ビルの陰に覆面パトカーを停めた。

百面鬼はヘッドライトを消して、背凭れをいっぱいに倒した。上体を預け、軽く目を閉じる。

『喜久川』のある場所はわかっていた。老舗料亭は新橋演舞場の近くにある。政財界人や文化人たちがよく利用している料亭だ。下見に長い時間をかけると、怪しまれることになる。ぎりぎりまで、ここで体を休めることにしよう。

百面鬼は両腕を組んだ。

数分経つと、脳裏に亜由とセントバーナードの姿がにじんだ。獣姦ＤＶＤを観せられたわけではなかったが、その浅ましい交合の様子がありありと目に浮かんだ。

亜由の尻にのしかかった大型犬は彼女の背にだらだらと涎を垂らしながら、せっせと腰を使っている。亜由は身を捩らせ、懸命にセントバーナードの性器を外そうと試みる。しかし、そのつど犬は前肢で亜由を押さえ込んだ。

「くそったれ！」

百面鬼は頭を振って、上体を起こした。惨い場面がようやく消えた。

そのすぐ後、携帯電話に着信があった。千代田太郎か。百面鬼は一瞬、身構える心持ちになった。

だが、ディスプレイには見城の名前が刻まれていた。

「よう、見城ちゃん！」

「こないだは悪かったね。せっかく松ちゃんと二人で来てくれたのに、追い返しちゃって」

「気にすんなって。そろそろ気分転換したくなったのかい？」

「そういうわけじゃないんだ。こないだは大人げなかったと思ったもんだから、電話したんだよ」

「わざわざ電話してこなくってもよかったのに。松もおれも、そっちの辛さはわかってる。だから、別に素っ気なかったなんて感じてねえって」

「そう言ってもらえると、気持ちが楽になるよ」

「唐津の旦那もそのうち見城ちゃんを誘って、みんなで小旅行しようなんて言ってたぜ。その気になったら、おれに連絡くれや」

「そうするよ」

見城の声は沈んだままだった。

「もう桜の季節だ。ぼちぼち冬眠から醒めてもいいんじゃねえのか。街にゃ、いい女がたくさんいるぜ」

「…………」

「悪い！　つまらねえことを言っちまったな。おれは昔から、ちょっと神経がラフなんだよなあ。少し反省しねえとな」

「百さん、そんなふうに腫れものに触るような接し方はやめてくれないか。里沙のことでは心の整理がついてないが、おれは子供じゃないんだ。そのうち、きっと自分の力で……」

「ああ、元気を取り戻せるさ。早く昔の見城ちゃんに戻ってもらいてえよ。おれひとりじゃ、心許ないときもあるからな」

「百さん、誰かを咬んだの？」

「いや、誰も強請る気なんかねえよ。強請はそっちの専売特許みてえなもんだし、相棒が休業中なんだから、誰も咬んじゃいねえって」

百面鬼は言い繕った。札束の匂いのする陰謀をひとりで暴こうとしていると明かしたら、見城は無理をしてでも手を貸す気になるだろう。

まだ悲しみの中にいる彼を巻き込むことはできない。それに、年下の見城に協力を要請することにも少しばかり抵抗があった。

「百さん、何か厄介な問題を抱えてるんだったら、遠慮なく相談してほしいな」

「何も困ったことはねえって」

「本当だね？」

「ああ。それより、みんなで小旅行に出かける話、ちょいと検討してみてくれや」

「ありがとう！　百さんから、松ちゃんによろしく言っといてくれないか」

「了解！」

「それじゃ、またね」

見城が先に電話を切った。きょうも彼は薄暗い部屋で、ひとり悶々としていたのだろうか。多分、そうだったのだろう。

百面鬼は携帯電話を上着の内ポケットに戻し、ふたたびシートに上体を預けた。

クラウンを発進させたのは七時二十分過ぎだった。晴海通りをたどって、築地四丁目交差点を左折する。二本目の四つ角を右に曲がると、ほどなく前方左手に『喜久川』の長い黒塀が見えてきた。百面鬼は徐行運転しながら、左右に目をやった。

老舗料亭の向かい側には、狙撃に適した場所はなかった。『喜久川』の斜め裏は、水産加工会社の社員寮になっていた。鉄筋コンクリート造りの四階建てだ。

社員寮の陸屋根（ろくやね）から、寝撃ち（プローン・ポジション）の姿勢でシュートする気になった。

百面鬼は、ゆっくりと『喜久川』の前を通り過ぎた。料亭の車寄せを見ると、内庭の数カ所に屈強（くっきょう）な男たちが屈（かが）み込んでいた。

ＳＰではなさそうだ。警視庁のＳＡＴ（スペシャル・アサルト・チーム）の隊員たちだろう。彼らは特殊訓練を受けた隊員で、凶悪な誘拐、ハイジャック、暗殺などの難事件に駆り出されている。首相官邸の事件があったので、本庁は森内経済産業大臣の警護に力を入れたのだろう。やりにくくなった。

百面鬼は覆面パトカーを脇道に入れた。ＳＡＴ（サット）の隊員と思われる若い男たちが飛び飛びに立っていた。民間人を装っているが、百面鬼にはたやすく見抜けた。

男のひとりが中腰になって、クラウンの車内を覗き込んだ。百面鬼はサイレンを鳴らしながら、車の速度を上げた。

覆面パトカーを水産加工会社の社員寮のそばに路上駐車するのは危険だ。

魚河岸として知られていた築地市場跡地近くにクラウンを停め、トランクルームから黒いキャリーケースを取り出す。ジャズのナンバーを口ずさみながら、水産加工会社の社員寮に向かった。自分がトロンボーン奏者に見えるかどうかわからないが、このままジャズメンを装いつづけることにした。

百面鬼は足を速めた。
五、六分で、社員寮のある裏通りに出た。七時四十分を回っていた。
百面鬼は関係者を装って、堂々と社員寮の敷地に入った。造りは一般のマンションと同じで、非常階段も設置されていた。

百面鬼は靴音を殺しながら、四階の踊り場まで上がった。非常階段の上に庇が張り出している。四階の非常扉の横の外壁に鉄梯子が取り付けてあった。庇のハッチを押し上げると、陸屋根に出られる構造になっていた。

百面鬼は周りに人の目がないことを確認してから、片手で鉄梯子を上がった。キャリーケースを梯子と自分の脚の間に挟み、ハッチのハンドルを回す。

百面鬼はハッチを押し上げてから、先にキャリーケースを屋根に置いた。それから、慎重に這い上がる。

百面鬼はキャリーケースを少しずつ押し滑らせながら、陸屋根の端まで這い進んだ。言うまでもなく、『喜久川』側である。

眼下に料亭の車寄せと庭園が見えた。出入口の見通しは利く。

百面鬼は寝そべったまま、スナイパー・ライフルを手早く組み立てた。暗視スコープを取り付け、弾倉に二発のライフル弾を込める。

寝撃ち（プローン・ポジション）の姿勢をとってみたが、狙いをつけるには銃身を大きく前に出す必要があった。それでは、見つかる恐れがある。

百面鬼は片膝をつき、膝撃ち（ニーリング・ポジション）の姿勢に変えた。そのまま、じっと獲物を待つ。

不意に懐で携帯電話が着信音を刻んだ。百面鬼は上着の内ポケットから携帯電話を取り出し、急いで電源を切った。発信者は久乃だった。

ひやりとさせられた。

百面鬼はネクタイの結び目を緩（ゆる）め、ふたたびレミントンM700を構えた。照準を出入口に合わせて、じっと待つ。

見覚えのあるセンチュリーが料亭の前に停まったのは八時数分前だった。黒塗りのセンチュリーが車寄せに入ったら、標的を狙いにくくなる。

百面鬼はスナイパー・ライフルの安全装置（セーフティー・ロック）を解除した。

そのとき、頭上でヘリコプターのローター音がした。警視庁航空隊の機がサーチライトで『喜久川』を照らしながら、徐々に高度を下げはじめた。

まずいことになった。百面鬼は暗視スコープに片目を寄せた。

　センチュリーの後部座席から、森内経済産業大臣が降りた。ＳＰらしい二人の男が大臣の楯になった。三人は、ひと塊になって料亭の玄関に向かった。片方のＳＰと思われる男が横に移動した。

　半身しか見えなかった森内大臣の全身が視界に入った。百面鬼は狙いを定め、引き金に人差し指をかけた。

　そのとき、上空のヘリコプターのサーチライトの光が泳いだ。光は社員寮に向けられていた。

　百面鬼はスナイパー・ライフルを横に寝かせ、急いで腹這いになった。ライトの光は陸屋根の一部を照射しただけで、すぐ別の方向に向けられた。

　百面鬼は素早く半身を起こした。

　だが、森内経済産業大臣は料亭内に入った後だった。車寄せには、警護の男たちが立っているきりだ。帰るときにシュートできなかったら、事態は最悪になる。

　百面鬼は悪い予感を覚えはじめた。

4

一睡もできなかった。

百面鬼はホテルの天井をぼんやりと見つめていた。

夜明けが近い。かたわらの久乃は、規則正しい寝息をたてている。

前夜、百面鬼は森内経済産業大臣が料亭から出てくるまで、水産加工会社の社員寮の陸屋根の上で待った。森内が姿を見せたのは十時ごろだった。

大臣はＳＰとＳＡＴ隊員たちに固くガードされていた。焦るばかりで、狙撃するチャンスは訪れなかった。

百面鬼は大臣一行が去ってから、陸屋根から四階の踊り場に降りた。非常階段を下っていると、昇降口に五十年配の女性がいた。彼女は寮母だった。

当然ながら、百面鬼は怪しまれた。とっさに彼はＳＰになりすまし、『喜久川』で会食中の森内の警護に当たっていると言い繕った。成り行きで、警察手帳を呈示せざるをえなかった。

寮母は穏やかな表情になり、百面鬼の労を犒った。百面鬼は社員寮を出ると、急ぎ足で覆面パトカーに戻った。

それから彼は、市谷にある森内大臣の自宅マンションに向かった。高級マンションで、セキュリティーは万全だった。常勤の管理人のほかに、森内大臣担当の立ち番の制服警官が二人いた。

すでに経済産業大臣は帰宅していた。十階の自室にいることは間違いない。だが、あいにく高級マンションの周辺に高層の建物はなかった。やむなく百面鬼は狙撃を断念し、久乃の待つホテルに戻ったのだ。

ベッドに入ると、久乃は身を寄り添わせてきた。だが、百面鬼は昂まらなかった。

亜由が何か危害を加えられると思うと、気が気ではなかった。もう彼女は、指か耳を切断されたのだろうか。

百面鬼は久乃に詫びて、そっとベッドを降りた。ちょうどそのとき、サイドテーブルの上で携帯電話が振動した。寝る前に、マナーモードに切り替えておいたのである。

百面鬼はできるだけベッドから離れてから、携帯電話の通話ボタンを押した。

「わたしだ」

千代田太郎の声だった。

「もう亜由の指か耳を削ぎ落としたのか？」

「まだだ。おたくは『喜久川』で森内を必ず仕留めると大見得を切った。しかし、築地では一発も撃たなかった。どういうつもりなんだっ。もう人質のことなどどうでもよくなったのか？」

「そうじゃない、そうじゃねえんだ。シュートする機会がなかったんだよ」

百面鬼は昨夜のことを詳しく話した。

「航空隊のヘリまで出動したことは仲間の報告で知ってた。しかし、その気になれば、引き金は絞れたはずだ」

「いや、そのチャンスはなかったんだ。けど、必ず森内は殺るよ。もう一回、おれに狙撃の機会を与えてくれねえか。頼む！」

「いいだろう。毎朝六時に森内はジョギングをしてる。雨の日以外は毎日、走ってるんだ」

「SPと一緒に走ってるんだな？」

「そうだ。ただし、伴走のSPはひとりだけなんだよ」

「走るコースは決まってるのか？」

「ああ。決まってる。予め調査させておいた」

脅迫者がジョギングコースを詳しく明かした。

「まだ五時を回ったばかりだ。これから市谷に急行して、必ず標的を仕留める。だから、人質を傷つけるようなことはしないでくれ」

「わかった。午前七時まで待ってやろう。それがタイムリミットだ」

「時間を無駄にしたくねえから、電話切るぞ」

百面鬼は通話を切り上げると、急いで身仕度に取りかかった。青いカラーシャツを着込んだとき、久乃が声をかけてきた。

「出かけるの？」

「署から呼集がかかったんだ。頭のおかしな野郎が終夜営業のドーナツ屋に立て籠って、女店員の首に刃物を突きつけてるらしいんだよ」

百面鬼は作り話を澱みなく喋った。警察関係者は、招集を呼集と言い換えている。

「そうなの。危険な職務だけど、行かないわけにはいかないわね」

「ちょっと行ってくる。そっちはまだ寝てろよ」

「ええ、そうさせてもらうわ。竜一さん、気をつけてね」

久乃が心配そうに言った。

百面鬼はうなずき、上着を羽織った。ノーネクタイで部屋を出る。

ドアは自動的にロックされる仕組みになっていた。百面鬼はエレベーターでホテルの地下駐車場に降り、覆面パトカーに飛び乗った。

市谷の高級マンションに着いたのは五時三十五分過ぎだった。

百面鬼は、千代田太郎に教えられたジョギングコースを車で一周した。五、六キロのコースだった。コースの途中に神社があった。百面鬼はクラウンを裏通りに駐め、キャリーケースを手にして神社に急いだ。

間もなく着いた。それほど境内は広くない。

奥まった場所に本殿が建っているが、社務所はなかった。右隣の家屋に宮司が住んでいるのだろう。

百面鬼は参道の横の繁みの中で、スナイパー・ライフルを手早く組み立てた。弾倉には二発の実包が入っている。暗視スコープは装着しなかった。

まだ薄暗いが、肉眼でも物は見分けられる。

道路に面した石の囲いには、等間隔の隙間があった。境内は、道路よりも三メートルほど高い。

百面鬼は地べたに這いつくばり、寝撃ちの姿勢をとった。

やがて、六時になった。森内経済産業大臣はSPとともに走りだしたころだろう。
七、八分が流れたとき、神社の左手から誰かが走ってくる足音がした。

森内たちか。百面鬼はレミントンM700の安全装置（セーフティーロック）を外した。

それから間もなく、灰色のスウェットの上下を身に着けた三十代後半の男が視界に入った。男は黒いラブラドール・レトリーバーの引き綱（リード）を握っていた。

黒い犬が急に駆け足をやめ、神社に顔を向けた。飼い主らしい男も立ち止まった。

百面鬼はスナイパー・ライフルの銃身を引っ込めた。ほとんど同時に、犬が吼えはじめた。リードを手にした男が境内に視線を向けてきた。

百面鬼は動かなかった。それでも、ラブラドール・レトリーバーは吼え熄（や）まない。

近くの住民が窓から顔を出すかもしれない。早く犬を追っ払う必要がある。百面鬼は起き上がった。スウェット姿の男が不審そうな眼差（まなざ）しを向けてきた。

「犬を連れて早く立ち去ってくれ」

百面鬼は相手に言った。

「そこで何をしてるんです？」

「張り込み中なんだ」

「警察の方なんですね」

「そうだ。犬を鳴き熄ませてくれ」

「は、はい」

男が黒い犬を叱りつけた。犬は、すぐに吼えなくなった。

「このあたりに凶悪犯が潜んでるんですか？」

「強盗殺人をやった奴が近くにいるんだよ。そいつは、散弾銃を持ってる。早く遠ざかったほうがいいな」

百面鬼はそう言いながら、警察手帳をちらりと見せた。男がリードを短くして、黒い犬と一緒に走りだした。

いまの男に顔を見られてしまった。まずいことはまずいが、仕方ない。百面鬼は、ふたたび寝撃ちの姿勢をとった。

十分ほど経ったとき、右手から小豆色のトレーナーを着た森内経済産業大臣がやってきた。警護のＳＰの姿は、まだ見えない。

百面鬼は銃身をわずかに振って、森内大臣の後頭部に照準を合わせた。そのまま引き金を一気に絞った。肩の力を抜き、反動を殺ぐ。

ライフル弾は標的を直撃した。森内は鮮血と脳漿を撒き散らしながら、前のめりに倒れた。それきり身じろぎ一つしない。

「大臣！」

三十代後半の男が森内に駆け寄った。ＳＰだろう。筋骨が逞しい。

森内経済産業大臣が生きていないことを確認すると、SPと思われる男は腰から特殊警棒を取り出した。振り出し式の金属警棒だった。

男は神社の石段を勢いよく駆け上がってきた。

百面鬼は手早く安全装置（セーフティーロック）を掛け、スナイパー・ライフルを逆手（さかて）に持った。中腰で石段に近づく。相手が石段を登り切った。

百面鬼は立ち上がりざまに、銃身で男の胴を払った。

「うっ」

SPらしき男は短く呻（うめ）き、逆（さか）さまに石段から転げ落ちた。

百面鬼はキャリーケースを摑み上げ、社（やしろ）のある方向に走った。神社の真裏は月極（つきぎめ）駐車場になっていた。

百面鬼は境界線の金網を跨（また）ぎ、駐めてあるライトバンの陰に走り入った。そこでレミントンM700を分解し、キャリーケースに仕舞（しま）う。百面鬼は上着でキャリーケースをくるんで、月極駐車場の出入口に向かった。

SPと思われる男は追ってこない。打ちどころが悪く、動けなくなったようだ。

百面鬼は大股で覆面パトカーを駐めた裏通りまで歩いた。キャリーケースをトランクルームに隠し、すぐ車を発進させる。

百面鬼はわざと遠回りしながら、投宿しているホテルに向かった。誰かに尾行されている気配はうかがえない。

百面鬼はホテルの地下駐車場にクラウンを潜り込ませても、すぐに久乃のいる部屋に戻る気にはなれなかった。

なんの恨みもない森内経済産業大臣を射殺したことは、やはり後ろめたかった。過去に多くの極悪人どもを葬ったときは、ある種の爽快感を味わえた。罪の意識は、まるでなかった。

しかし、いまは違う。ペーター・シュミットを撃ち殺したときと同じように、ひどく後味が悪かった。疚しくもあった。だが、もう後戻りできない。亜由を救い出すまでは何だってやるつもりだ。

百面鬼は図太く構えることにした。

それでも、久乃と顔を合わせることは何かためらわれた。百面鬼は九時半まで車の中に留まった。久乃はきょう、朝早くからフラワーデザイン教室を回ることになっていた。もう出かけただろう。百面鬼は覆面パトカーを降り、部屋に向かった。

思った通り、久乃は部屋にはいなかった。百面鬼は服を着たまま、ベッドに仰向けになった。いつしか寝入っていた。

松丸からの電話で眠りを解かれたのは午後二時過ぎだった。

「百さん、ちょっと面白いことがわかったんすよ。失踪中の鍋島の母方の従兄に匂坂直規って奴がいたんすけど、そいつは麻布署に留置されてる『大東亜若獅子会』の黒岩広樹とつき合いがあったんす。確か黒岩は独断でペーター・シュミットを日本刀で叩っ斬ろうとしたって話だったでしょ？」

「羽柴会長は、そう言ってたな。松、黒岩と匂坂の接点は？」

「二人はペーター・シュミットが仕掛けてた北朝鮮難民大量亡命計画の粉砕を目的とした抗議集会で意気投合して以来、親交を重ねてたようっす。その抗議集会は去年の初秋に開かれたんすけど、呼びかけ人は匂坂だったんすよ」

「匂坂の経歴は？」

「東大法学部を出て、数年、あるシンクタンクの研究員をやった後、フリージャーナリストになったみたいっすね。だけど、雑誌や新聞に寄稿してる様子はないんすよ。右翼の論客の鞄持ちか何かやって、生活費を貰ってるんじゃないのかな。年齢は三十一っす」

「匂坂直規は、どこか右寄りの政治結社に所属してるのか？」

「右翼団体には入ってないようっすけど、学生時代から民族派の思想を信奉してたって話でしたね。戦争肯定派で、巣鴨プリズンで処刑されたA級戦犯の命日には墓参を欠かしたことがないそうっす。思想があまりに偏りすぎてるんで、シンクタンクでは浮いた存在だったみたいっすよ。それから、学生時代の友人も少ないようだな」

「匂坂は独身なのか？」

「ええ、そうっす。住まいは文京区本郷三丁目です。『清風館』って古いアパートの二〇五号室を借りてる。でも、最近は外泊することが多いみたいっすよ」

「従弟の鍋島とは、ちょくちょく会ってるのか？」

「そのあたりの情報は残念ながら、ほとんど何も……」

「そうか。二人は年齢が近いから、ちょくちょく会ってたんじゃねえのかな」

「でしょうね。百さん、鍋島は従兄の匂坂に唆されて、例の開発データを職場から持ち出したんじゃないっすか？」

「どうしてそう思う？」

「匂坂は、北朝鮮難民大量亡命計画をぶっ潰そうと抗議集会の呼びかけ人になっています。何か大がかりな活動を起こす気でいるんじゃないっすかね。けど、匂坂は経済的に余裕がない。そこで、従弟の鍋島を焚きつけて……」

「鍋島は鍋島で、バイオ食品研究所に何か不満を持ってた。で、二人はつるむ気になった？」

　百面鬼は、松丸の言葉を引き取った。

「ええ。鍋島の失踪が狂言だとしたら、きっとそうなんだろうな。そして、匂坂の背後にいる人物が千代田太郎だと考えれば、百さんがペーター・シュミットの狙撃を強いられたことの説明もつくでしょ？」

「松、ちょっと待てや。おれは森内経産大臣も始末しろって命じられたんだぜ」

「そういえば、森内の件はどうなりました？」

「今朝の六時過ぎに殺ったよ。人質の亜由をどうしても生還させたかったんだ」

「二人も殺しちゃったんすか、現職刑事が。世も末だな」

　松丸が溜息混じりに言った。

「おれだって、気が進まなかったさ。けど、命令に背いたら、亜由が殺されるかもしれないんだ。仕方ねえだろうが」

「ええ、そうっすね」

「話を戻すぜ。匂坂のバックに千代田太郎がいるんじゃねえかって推測なんだが、森内経産大臣の暗殺はどう説明する？」

「大臣の経済政策は裏目に出てる感じっすよね。そういう意味では、森内は日本の景気をさらに悪化させた無能な閣僚でしょう！」

「ま、そうだな」

「もしかしたら、千代田太郎は日本の再生に邪魔になる人間を次々に排除する気でいるんじゃないっすか。けど、自分の手は汚したくない。それだから、小倉亜由を人質に取って、百さんに暗殺の代行を……」

「なるほどな。そう考えりゃ、森内を始末させたがる理由もあるわけだ」

「これは考え過ぎかもしれないっすけど、景気回復の足を引っ張ってるのは森内大臣ばかりじゃないっすよね？　日本は超高齢社会ですんで、医療費や年金が国や市町村の財政を圧迫してる。それから、リストラ失業者やニートが何百万人もいる。税収は減る一方っすよね。財政にマイナスになる連中を排除すれば、理論上は景気はよくなるはずっすよ」

「おい、松！」

百面鬼は思い当たることがあって、思わず声を高めた。

「どうしたんすか、急に大きな声を出したりして」

「きのう都内の特養ホームが七カ所爆破されたよな。それから、飯田橋の公共職業安定所にも時限爆破装置が仕掛けられてた」

「そうっすね。それで、大勢の老人や中高年の失業者が死傷した。社会的弱者を標的にした爆破テロは卑劣っすよね」

「松、きのうの連続爆破事件にも千代田太郎が関与してるんじゃねえか。酷い言い方をすれば、高齢者や失業者は財政に貢献してないという考えなわけだ。それどころか、金銭面では社会のお荷物になってるとまで考えている危険性もあるな」

「ま、そうっすね。けど、高齢者と失業者を併せたら、数千万人にもなるんすよ。そんな大勢の人間を爆破テロで抹殺するのは無理でしょ？」

「爆破テロは一種の遊戯で、そのうち飲み水や食べものに毒物や細菌を投入して、財政にプラスをもたらさない国民を大量に殺すつもりなのかもしれねえぞ」

「百さん、それは考え過ぎでしょう？　それはともかく、匂坂の部屋に盗聴器を仕掛けておきます」

松丸がそう言い、通話を切り上げた。

自分の推測はリアリティーがないのだろうか。百面鬼は、ふたたびベッドに寝転がった。

第四章　葬られた弱者たち

1

残照は弱々しい。

間もなく陽は落ちるだろう。百面鬼は、嵌め殺しのガラス窓越しに夕陽を眺めていた。日比谷公園内にあるレストランの一階だ。

百面鬼は外資系ホテルの部屋で、千代田太郎からの連絡をひたすら待ちつづけた。しかし、午後四時を過ぎても電話はかかってこなかった。

脅迫者は、端から人質の亜由を解放する気はないのかもしれない。そう考えたとたん、百面鬼は心理的に追い込まれた。ホテルに籠っていると、禍々しい思いばかりが膨らむ。

そこで、百面鬼は本庁公安第三課の郷刑事から情報を引き出す気になったのだ。コーヒーを飲み終えたころ、郷が飄然と店内に入ってきた。

中肉中背で、目つきも柔和だ。一見、教師風である。

「呼び出して、郷、悪いな。急におまえの顔を見たくなったんだ」

「もう少し上手に嘘つけよ」

郷がにやついて、向かい合う位置に坐った。すぐにウェイターが水を運んできた。郷はメニューを見てから、トマトジュースを注文した。

「二日酔いか？」

「そう。おれたちの仕事は人と会って情報を集めることだから、ほとんど毎晩飲んでるんだよ」

「官費で飲めるんだから、結構な話じゃねえか」

「飲めるのは安酒ばかりさ。高級クラブで美人ホステスを侍らせて高いブランデーやシャンパンを飲めるんなら、仕事も楽しいだろうがな」

「贅沢言うなって」

百面鬼は葉煙草をくわえた。

「相変わらず派手な身なりしてるな。腕時計はオーデマ・ピゲか。どう見ても、やくざだね」

「郷が地味すぎるんだよ。もっとも公安警察官があんまり目立っちゃ、仕事にならねえけどな」

「だろうね。百面鬼、おまえ、バイトで探偵みたいなことをやってるんじゃないの？」

郷が声をひそめた。

「読まれちまったか」

「まさか不倫調査じゃないよな、おれんとこに探りを入れてきたんだから。思想調査を請け負ってるんだろう？」

「そんなとこだよ」

百面鬼は話を合わせた。

郷が上体をわずかに反らした。ウェイターが飲みものを運んできたからだ。

「実は、麻布署に留置されてる黒岩広樹のことを調べてるんだよ。黒岩は、ある運送会社に就職したがってるんだよ」

百面鬼は、でまかせを口にした。

「調査をしても無駄になるな。黒岩はペーター・シュミットを日本刀で叩っ斬ろうとしたんだから、地検送りになるはずだ。傷害の前科もあるんで、実刑判決が下るだろう」

「黒岩は犯行を認めたのか？」

「いや、いまも完全黙秘してる。誰かを庇ってるんだろうな」

「『大東亜若獅子会』の羽柴会長の指示で、ペーター・シュミットを襲った可能性は？」

「いや、羽柴は今回の事件には噛んでない。そいつははっきりしたんだ」

「そうなのか。それじゃ、別の誰かが黒岩を唆したんだろうな。黒岩は去年の秋、シュミットの北朝鮮難民大量亡命計画に抗議する集会に参加したらしいじゃねえか」

「そこまで調べてたのか」

「まあな。その抗議集会の呼びかけ人の匂坂直規って奴と黒岩は仲がよかったんだって？」

「百面鬼、その情報はどこから？」

郷が訝しげな表情で問い、トマトジュースを啜った。

「誰から聞いたんだっけな」

「おとぼけか」

「その匂坂って奴が黒岩を唆したんじゃないのか。公安に匂坂の調査資料はあるんだろ？」

「うん、それはな。しかし、匂坂はどの右翼団体にも所属してないんだ。思想的には極右に近いんだがな。それだから、黒岩とも話が合ったんだろう」

「匂坂は、東大法学部出の元シンクタンク研究員なんだってな。いまはフリージャーナリストをやってるそうじゃないか」

「公安刑事顔負けだな。まだ裏付け（ウラ）を取ったわけじゃないが、匂坂は大物右翼たちの著作の代筆なんかをやってるようだ」

「大物右翼たちの名を教えてくれ」

「さっき言ったように裏付けがあるわけじゃないんで、個人名は言えないな」

「警察学校で同じ釜（かま）の飯を喰った仲じゃねえか。郷、こっそり教えろや」

「いや、駄目だ」

「仕方ない。ところで、ペーター・シュミットが狙撃されたよな」

「ああ」

「黒岩が失敗（ドジ）ったんで、匂坂あたりが凄腕（すごうで）のスナイパーでも雇ったんじゃねえのか？」

「まだ何とも言えないな。今朝六時過ぎに森内経産大臣が自宅マンション近くで射殺された事件、百面鬼、知ってる？」

「いや、知らねえな。午後三時過ぎまで寝てたんで、まだ署に顔を出してないんだよ。朝刊も見てない」

「そうなのか。森内大臣は、ペーター・シュミットと同型のスナイパー・ライフルで撃たれたんだ。ジョギング中にな」

「ＳＰは張りついてなかったのか？」

「ひとりガードに当たってたんだ。そのＳＰは狙撃犯を取り押さえようとしたらしいんだが、逆にのされちゃったみたいなんだよ。転倒したときに頭を強く打ちつけたとかで、いまも昏睡状態らしい」

「ふうん」

百面鬼はポーカーフェイスを崩さなかったが、内心、胸を撫で下ろしていた。

「シュミットも森内経産大臣も一発で仕留められてるから、おそらく犯人は自衛官崩れか元傭兵の殺し屋なんだろう」

「匂坂の背後にいる大物右翼が狙撃犯を金で雇ったのかもしれないな。きっとそうにちがいない」

「百面鬼、おまえは匂坂が二つの狙撃事件に関与してると決めてかかってるようだが、何か証拠でも摑んだの？」

「証拠なんか摑んでないよ。ただの勘さ。匂坂はシュミットの難民救援活動を苦々しく思ってたようだからな」

「それは間違いないだろう。しかし、森内まで暗殺したいと思ってたかどうか」

「森内の政策は景気回復には繋がってない。匂坂は日本が開発途上国になっちまうんじゃないかと危機感を覚えて、抹殺する気になったんじゃねえのか」

「そういうことが犯行動機だとしたら、真っ先に菅野喬次(かんのきょうじ)首相を暗殺させるだろう。森内大臣の政策を後押ししてたのは、菅野総理だからな」

「最初に菅野を狙ったんじゃ、犯行目的がすぐ割れちまうんじゃねえか。だから、日本の再生の足を引っ張ろうとしたペーター・シュミットや森内経産大臣を先に始末したんだろう。いずれ菅野総理もシュートされることになるのかもしれないな」

「そうなんだろうか」

　郷が腕を組んだ。

「話は違うが、特養ホームや公共職業安定所(ハローワーク)が爆破されたよな。連続爆破事件の捜査は進展してるのか？」

「まだ有力な手がかりは摑んでないらしいな。ただ、時限爆破装置を仕掛けたと思われる三十歳前後の男は実在するコンピュータ関連会社のエンジニア用の作業服を着て、堂々と特養ホームや公共職業安定所(ハローワーク)に入ったようだ。もちろん、そいつは偽のコンピュータ・エンジニアだった。いずれもアメリカ製の軍事炸薬(さくやく)が使われてた」

「そうなのか。郷、爆破テロから何か読み取れねえか？」

「えっ」

「犠牲者は、超高齢者や中高年の失業者が圧倒的に多かった。そういう連中はあまり税金を払ってない。それどころか、国や地方財政に面倒を見てもらってる面があるよな」

「おまえは、彼らの存在が景気回復の足を引っ張ってると言いたいわけか!?」

「おれ自身は、そうは思っちゃいないよ。年寄りも失業者も社会がサポートすべきと考えてる。けど、生産性や市場経済だけに目を向けてる奴らには、高齢者や失業者の増加は頭痛の種だろう。税収に繋がらない国民は斬り捨てたいと考えるかもしれねえ。路上生活者やニートなんかも、日本再生の邪魔になるだけだと思ってるんじゃないか」

「要するに、社会にとって役に立たない市民は葬るべきだと考えてる人間が連続爆破事件を引き起こしたんじゃないかってことだな?」

「その可能性はゼロじゃないだろう。なんでもありの世の中だから、そうした歪んだことを考える奴が出てきても不思議じゃない」

「しかし、いくらなんでもそこまで過激なことを企む人間は……」

「いないとは言い切れねえと思うぜ」

「百面鬼は、二つの狙撃事件と連続爆破事件はリンクしてると思ってるわけか」

「ひょっとしたら、そうなんじゃないか」

百面鬼は、生首を切断された元大学教授のことを危うく口走りそうになった。

千代田太郎は、インテリの路上生活者の首を神崎と名乗った男に切断させた疑いが濃い。腕試しにまず〝教授〟を狙撃させようとしたのは、ホームレスたちが社会の〝お荷物〟だと考えているからではないか。

「もし百面鬼の筋読み通りだとしたら、首謀者はここがいっちゃってるな」

郷が言いながら、自分の頭を指でつついた。

「ああ、まともじゃねえだろうな。けど、当の本人は真っ当な考えだと思ってるにちがいない。先行きの見えない時代だから、暴挙に走る奴が出てきても、おれはそれほど驚かないよ。仮におれの余命がいくばくもないとわかったら、めちゃくちゃなことをしてえと思うもん」

「たとえば、どんなことをしたい？」

「そうだな。ダービーの売上金をかっさらって、目に留(と)まったセクシーな美女を片っ端から姦(や)っちまう。それから、でかい面(つら)をしてる政治家、財界人、高級官僚をマシンガンで撃ち殺して、ついでに闇社会を仕切ってる顔役どもの口ん中に手榴弾(しゅりゅうだん)を突っ込んでやる。気に喰わねえ野郎は皆殺しだ」

「確か百面鬼はお寺の跡継(つ)ぎだったよな。おまえ、僧侶(そうりょ)の資格も持ってんだろう？」

「仏の道なんか糞喰らえだ。お布施はありがたくいただくが、大真面目に死者の霊を供養しようなんて考えたこともねえよ。だいたい生臭坊主に、そんな大層なことはできっこない」

「それは言えてるな。百面鬼は俗人も俗人だから」

「どんな高僧だって、煩悩だらけだよ。きれいごとを並べても、底の浅さが透けてらあ。なんか話が脱線しちまったな」

百面鬼は、短くなった葉煙草の火を揉み消した。

「おまえ、単に黒岩の思想調査を請け負っただけじゃないな。個人的にでっかい陰謀を暴いて、何かしようとしてるんじゃないのか。どうなんだ？」

「何かって、なんだよ？　郷、はっきり言えや」

「それじゃ、ストレートに言おう。百面鬼は首謀者を捜し出したら、巨額の口止め料を脅し取る気なんだろう？」

「見損なうなって。おれは社会の治安を護るためには殉職も恐れてない男だぜ」

「似合わない冗談はやめろって。歌舞伎町のやくざから金品を脅し取って、署長や副署長の弱みを握って好き放題やってる悪党刑事がよく言うぜ。おれも新宿署の生活安全課にでも移りたいよ」

「本庁の公安にいるエリート刑事が厭味なこと言うなって。そのうち警護課の課長になるんだろ？」

「それは無理だな。ノンキャリア組の中ではそこそこ出世したほうだろうが、公安や警備の重要ポストはどうせ警察官僚に奪われるさ。それにイデオロギーの対立の時代はとうに終わってるから、公安も退屈でな」

「イランや北朝鮮の核問題を巡って、また米中の睨み合いがおっぱじまるかもしれないじゃねえか」

「いろいろ駆け引きはあるだろうが、所詮は茶番劇さ。公安の仕事に情熱を傾ける気も失せたよ。出世もどうでもよくなった。それより、少しは贅沢したいね。安い俸給じゃ、カローラに乗るのがやっとだからな。条件次第では、百面鬼に協力してもいいよ」

郷が上目遣いに百面鬼を見ながら、狡そうな笑みを浮かべた。

「いくら欲しいんだ？」

「情報の価値によって、謝礼は違ってくると思うんだが……」

「そりゃそうだな。匂坂直規と親交のある大物右翼たちの名前を教えてくれたら、二十万払おう」

「その程度じゃ、高級ソープで一回しか遊べないな」

「足許見やがって。オーケー、四十万でどうだ？」

「数字の切りがよくないが、それで手を打とう。匂坂直規は、民族派の総大将の富樫是清と右翼の論客の志賀大膳の自宅に出入りしてるよ。その二人から、匂坂は生活費を回してもらってるんだろう」

「二人とも八十過ぎの爺さんだな。人生の残り時間が少なくなったんで、荒っぽいやり方で日本を再生させる気になったんじゃないか」

「そのへんについては、まだなんとも答えようがないな」

「ほかに匂坂に関する情報は？」

「匂坂は、東大と京大のOBで構成されてる『未来塾』のメンバーなんだよ。塾生六十数名ほどの勉強会なんだが、塾生は政官財界で活躍してる三、四十代のエリートが大多数を占めてる」

「主宰者は？」

「東大の名誉教授の両方倫行、七十三歳だよ。両方が教え子たちを二十一世紀の指導者に育て上げる目的で、十年ほど前に『未来塾』を開いたんだ。月に一度、都内のホテルで勉強会をやってる」

「思想的には右寄りなんだな？」

「いや、塾生のイデオロギーはひと色じゃないんだ。リベラルな考えを持ってる塾生もいれば、国粋主義者もいる。言うなれば、イデオロギーを超えた若手の勉強会だな。主宰者の両方はリベラリストなんだが、左翼も右翼も迎え入れてる。つまり、懐の深い学者なんだよ」

「塾の本部は、どこに置かれてるんだ？」

「世田谷の赤堤にある両方の自宅だよ。両方は大地主の倅で、親の遺産をそっくり相続してるんだ。自宅の敷地は六百数十坪で、塾生たちが合宿できる別棟もある」

「そうなのか。郷、匂坂は本郷の自宅アパートをちょくちょく空けてるようなんだが、どこかに隠れ家でもあるのかね？」

「隠れ家なんかないと思うよ。ただ、富樫か志賀の別荘を自由に使わせてもらってるかもしれないな」

「二人の別荘はどこにあるんだ？」

「富樫のセカンドハウスは箱根の仙石原、志賀の山荘は那須高原にある」

「そう」

百面鬼は上着のポケットから札束を取り出し、テーブルの下で四十枚の万札を抜き出した。剝き出しのまま、郷に謝礼を手渡す。

「たかったみたいで、なんか悪いな。でも、こういう臨時収入はありがたいよ」

郷が相好をくずし、札束をすぐ上着の内ポケットに収めた。

「もし黒岩が供述しはじめたら、すぐ教えてくれねえか。それから、匂坂の動きもわかったら、必ず連絡してくれや」

「それは別料金にしてくれるんだよな？」

「しっかりしてやがる。それ相応の礼はすらあ」

「そういうことなら、情報をどんどん流そう」

「現金な野郎だ。けど、わかりやすくていいよ。一緒に出ると不都合だろうから、おれが先に出る。おれのコーヒーは、おまえの奢りだぜ」

百面鬼は勢いよく立ち上がり、先にレストランを出た。覆面パトカーは、日比谷公園の真裏に駐めてある。内堀通りだ。そこまで歩く。いつしか昏れなずんでいた。

クラウンが視界に入ったころ、千代田太郎から電話がかかってきた。

「連絡が遅えじゃねえか。おれは例の大臣を片づけた。まさかそのことを知らないわけないよな？」

「わかってるよ。いろいろ忙しくて連絡できなかったんだ」

「おれは命令通りに動いたんだ。もう小倉亜由を返してくれ」

「もうひと仕事、お願いしたいんだよ」

「今度は菅野総理をシュートしろってのか」

「ほう、いい勘してるな。その通りだよ。菅野を射殺してくれたら、必ず人質は解放する」

「ふざけんな。もう誰も殺らねえ！」

「人質がどうなってもいいのか？」

「その手にゃ乗らねえぞ。亜由を殺すんなら、殺してみやがれ！　おれはてめえの正体を突きとめて、嬲り殺しにしてやる」

「ついに開き直ったか。わかった。菅野は別の者に始末させることにしよう」

「亜由を解放してくれるんだな？」

「ああ、いいだろう。これから、すぐに彼女を目黒区中根の自宅マンションに送り届けさせよう」

「騙しやがったら、ぶっ殺すぞ」

百面鬼は電話を切ると、覆面パトカーに駆け寄った。

2

ドアが開けられた。

ほとんど同時に、百面鬼は小倉亜由の部屋に飛び込んだ。目の前に、亜由が立っていた。少しやつれた感じだが、顔色は悪くない。

「百面鬼さん！」

亜由が全身で抱きついてきた。

百面鬼は亜由を強く抱きしめた。愛(いと)しさが極(きわ)まって、涙ぐみそうになった。二人は抱き合ったまま、しばらく動かなかった。

「ちょっと背骨が……」

亜由が遠慮がちに言った。

「痛いんだな？」

「ええ、少しね。きつく抱きしめられてるんで」

「ごめん、ごめん！」

百面鬼は慌(あわ)てて両腕の力を緩(ゆる)めた。

「わたし、二度と自分のマンションには生きて戻れないと覚悟してたの。だから、解放されたときは何か夢でも見てるような感じだったわ」

「辛い思いをさせちまったな。いろいろ訊きたいことがあるんだ。上がらせてもらうぞ」

「どうぞ！」

亜由が客用のスリッパを玄関マットの上に揃えた。百面鬼は靴を脱ぎ、スリッパを履いた。

二人はダイニングテーブルを挟んで向かい合った。

「コーヒー、飲みます？」

亜由が訊いた。

「いや、何もいらない。思い出したくないだろうが、監禁されてたときのことをできるだけ細かく話してくれねえか」

「はい」

「ずっと同じ場所に閉じ込められてたのか？」

「ええ。廃ビルと思われる建物の中の薄暗い部屋だったわ。マットレスとポータブル式の簡易便器があるだけだった。わたしは、ずっと裸にされてたの。逃げられては困ると思ったからでしょうね」

「見張りはいたんだろう？」

百面鬼は畳みかけた。

「ええ。二人の男が交替で、わたしを見張ってたわ」

「そいつらは面を晒してたのか？」

「ううん。ひとりは黒いフェイスマスクを被って、もう片方はアヒルによく似ているゴムマスクでずっと顔を隠してたの。体つきから察すると、二人とも二十代の後半だと思うわ」

「そいつらは、いやらしいことをしたのか？」

「ゴムマスクを被った奴が一度だけ、わたしの胸やお尻を撫でたわ。もうひとりの男は何もしなかった。だけど、いつも裸のわたしを舐め回すような感じで見てたわ。それで、にたにたしてたの。だから、とっても薄気味悪かったわ」

「おれに暗殺代行を強いた脅迫者は、どんな奴だったんだ？」

「そいつが部屋に入ってくる前に、わたしは必ず目隠しをされたの。だから、顔は一度も見てないのよ」

「そうなのか。声の感じはどうだった？」

「それほど若い声じゃなかったわ。それに、口の中にスポンジかカット綿を含んでたみたいなの。それだから、声が不明瞭だったのよ」

「同じ場所に鍋島さんが監禁されてる気配は？」

「そういう気配はうかがえなかったわ。犯人たちは、鍋島さんの行方を追ってたんだと思う。あなたに脅迫電話をかけた主犯格の男は、わたしに何度も『鍋島から未申請の特許技術の開発データを預かってないか？』と訊いたの。もし鍋島さんを監禁してるんだったら、わざわざそんなことは言わないでしょ？」

「そうとも言い切れないな。別の場所に閉じ込められてる鍋島さんがバイオ食品研究所から無断で持ち出した開発データの隠し場所を頑に教えなかったとも考えられるじゃないか」

「そうか、そうだわね」

「彼氏から匂坂直規って名を聞いたことは？」

「いいえ、ないわ。その方は？」

亜由が問いかけてきた。

「鍋島さんの母方の従兄だよ」

「そうなの。匂坂という方はどういう仕事をされてるのかしら？」

「いまはフリージャーナリストと称して、大物右翼たちの著作の代筆をしてるみたいだな」

百面鬼はそう前置きして、匂坂の経歴を詳しく話した。

「その従兄が鍋島さんに開発データを持ち出せと唆した疑いがあるの？」

「ひょっとしたら、そうだったのかもしれないんだ。というのは、来日したばかりのペーター・シュミットに日本刀で斬りかかろうとした右翼の若い男と匂坂には接点があったんだよ。匂坂は、シュミットの北朝鮮難民大量亡命計画を阻止したがってたんだ。計画に抗議する集会の呼びかけ人にもなってる」

「匂坂という男性が鍋島さんが研究所から持ち出した開発データをどこかの食品会社に売って、そのお金で何か右翼活動をしようとしてるんじゃないかってことなの？」

「その可能性はあると思う」

「それじゃ、あなたにペーター・シュミットを狙撃しろと命じた自称千代田太郎は匂坂直規かもしれないと……」

「そうなのかもしれねえんだ。仮にそうだったとしたら、鍋島さんは敵側の人間だった疑いもある。持ち出した開発データを『北斗フーズ』が荒っぽい連中に取り戻させようとしていると見せかけ、自ら姿を隠したとも考えられなくはない」

「なぜ、そんな手の込んだことをしなければならないわけ？」

亜由の声には、怒りが含まれていた。

「鍋島さんは従兄の匂坂の非合法活動に加わる気になったからだろう。開発データを換金して、それを活動資金に充てようと思いついたんじゃないのかな。しかし、そのことを捜査当局に知られたら、従兄の謀も看破されるかもしれねえ。だから、鍋島さんは第三者が開発データを取り戻そうとしてると思わせる必要があった」

「そのために、彼はわたしを誰かに拉致させたというの？」

「その疑いは否定できなくなったな。仮に『北斗フーズ』が犯罪のプロを使って鍋島さんから開発データを取り戻そうとしたんだったら、とうに隠れ家を突きとめてるだろう。そして、おそらく開発データを取り返したら、鍋島さんを始末してただろうな。けど、彼の遺体はいまも見つかってない」

「百面鬼さんの言う通りなら、鍋島さんはもうわたしに愛情を感じてないということになるのね」

「残酷な言い方になるが、彼氏はそっちを棄てたんだろうな。そうじゃなきゃ、人質に取らせるわけない」

「ひどいわ。わたしは死の恐怖に怯えつづけ、セントバーナードに体を穢されたのよ。

人間にレイプされるよりも、ずっと屈辱的だったわ」

「だろうな」

百面鬼は、そうとしか答えられなかった。傷ついた亜由を慰めてやりたかったが、言葉は無力だ。獣姦の忌わしい思い出は決して彼女の記憶から消えることはないだろう。

時間が経てば、いつかショックは消えるなどと軽々しくは言えない。いまは黙って亜由のそばにいてやるべきだろう。それしか術がなかった。

「こんな裏切りは赦せない。わたしがひどい目に遭っただけじゃなく、なんの関係もない百面鬼さんまで暗殺代行を強いられたんだから。まったく罪のないペーター・シュミットや森内経産大臣を狙撃しなければならなかった百面鬼さんの辛さはよくわかるわ。わたしを救けるため、あなたは二度も人殺しをさせられたんですもんね」

「こっちのことは、どうでもいいんだ。脅されたとは言っても、てめえで決めたことだからな」

「だけど、良心が疼いたでしょ？　憎しみもない相手を二人も射殺させられたんだから」

「正直に言うと、後味は悪かったよ。けど、おれは別に後悔しちゃいない。そっちを何としてでも救いたかったんでな」

「百面鬼さん……」

亜由が両手で百面鬼の右手を握り、幾度も礼を言った。

「いいって、もう。撃ち殺した二人よりも、そっちの存在のほうが重かったんだ。ただ、それだけのことだよ」

「そこまで大事にしてもらえるのはありがたいし、とても嬉しいわ。でも、わたしにはあなたを愛する資格がない」

「資格がないって、どういうことなんだい？」

「わたしは犬に犯された女よ。穢れてしまったから、あなたの気持ちに沿えないでしょ？」

「何を言ってるんだっ。面白半分に獣姦をしたわけじゃない。そんなふうに自分をいじめるなって」

「だけど、わたしの体の中にセントバーナードの体液が……」

「そんなものは、とっくに逆流してるよ。それに、おれはそっちの体が穢れたなんて思っちゃいない」

「とにかく、わたしは同情されたくないのっ」

「おれは、そっちに惚れちまったんだ」

「だったら、その証拠を見せて」

「え？」

「わたしの体が汚いと思っていないんだったら、抱いてください」

亜由は椅子から立ち上がると、浴室に足を向けた。

抱くことには、なんの抵抗もない。百面鬼は一服すると、ダイニングキッチンで衣服をかなぐり捨てた。

磨りガラスの向こうに、白い裸身が見える。亜由は立ってシャワーを浴びていた。浴室のドアはロックされていなかった。

「入るよ」

百面鬼は声をかけてから、ドアを開けた。

亜由は一瞬、戸惑いの表情を見せた。だが、すぐに匂うような微笑を浮かべた。

百面鬼は亜由の手からシャワーヘッドを奪い、そのままフックに掛けた。

「後で悔やんでも知らないから」

亜由が甘やかに言って、百面鬼の厚い胸に顔を埋めた。

百面鬼は片腕を亜由の腰に回し、形のいい顎を上向かせた。亜由が瞼を閉じ、こころもち唇を開いた。

百面鬼は顔を寄せた。

短くソフトに唇をついばみ、一気に亜由の舌を吸いつける。亜由が喉の奥で呻いた。

二人は濃厚なくちづけを交わした。舌を絡め合っているうちに、百面鬼の下腹部は熱くなった。

「わたしに洗わせて」

亜由がディープキスを中断させ、左の掌にボディーソープ液をたっぷりと落とした。両手で軽く擦り合わせると、彼女は掌を百面鬼の体に滑らせはじめた。

ぬめりが心地よい。亜由が少しためらってから、百面鬼の性器に白い泡を塗りつける。愛撫するような手つきだった。胡桃に似た部分を揉まれると、亀頭が力を漲らせた。

これほど早く反応したのは十数年ぶりだった。百面鬼は自信を取り戻したような気持ちになった。

「あら、大きくなっちゃった。そんなつもりじゃなかったんだけど」

亜由が焦って手を引っ込めた。百面鬼は中腰になり、亜由の乳首を交互に口に含んだ。胸の蕾は、たちまち硬く張り詰めた。

百面鬼は乳首を舌の先で圧し転がしながら、恥丘にへばりついた飾り毛を指で掻き起こした。むっちりとした内腿を撫でてから、秘めやかな肉に触れる。

クリトリスを愛撫しつづけると、亜由が切なげに舌の先で上唇を舐めた。なんとも色っぽかった。

やがて、百面鬼は雄々しく昂まった。しかし、じきに萎えてしまうかもしれない。百面鬼は亜由を後ろ向きにさせ、両手を壁につかせた。彼女の腰を大きく引き寄せ、ペニスを浅く埋める。

「こんな恰好じゃ、いやよ」

亜由が硬い声で言った。

「恥ずかしいのか？」

「それもあるけど、いやなことを思い出してしまいそうだから……」

「あっ、ごめん！　そうだよな」

百面鬼は思い当たり、素直に謝った。亜由は、セントバーナードにのしかかられたときのことを思い出したにちがいない。

だが、体に引っ搔き傷一つない。セントバーナードは前肢を背か腰に掛けてたはずだが、爪痕も見当たらなかった。なぜなのか。それが謎だ。

百面鬼は亜由を前に向き直らせ、背を壁に凭せかけさせた。彼女の片脚を腕で持ち上げ、下から分身を潜らせた。

「浅ましい恰好ね。わたし、淫乱女になったみたいだわ」

亜由が恥ずかしそうに言い、目をつぶった。百面鬼は膝を屈伸させながら、下から突きまくった。われながら、不恰好な蛙足だった。

このラーゲでは、感じやすい突起を刺激できない。百面鬼は両手を亜由の尻の下に回し、彼女を少し持ち上げた。亜由は両脚で百面鬼の胴を挟みつけた。いい感じだ。

「あなたは言葉遣いが荒っぽいけど、ハートはとっても温かいのね。わたしも百面鬼さんのこと、好きになりそう」

「嬉しいことを言ってくれるじゃないか。それじゃ、おれもサービスしちまおう」

「サービスって？」

亜由が耳許で訊いた。

「このままベッドまで運んでやるよ」

百面鬼は言って、ゆっくりと歩きだした。

「落っこちそうで、ちょっと怖いわ」

亜由が嬌声をあげ、百面鬼の太い首に両腕を巻きつけた。

百面鬼は浴室を出ると、泡だらけの体で寝室に向かった。亜由の裸身も水気が切れていない。

寝室に入ると、百面鬼は亜由と交わったまま旋回しはじめた。亜由は幼女のように怖がって、百面鬼に全身でしがみついた。なんとも愛らしかった。

「ね、いったん下に降ろして」

亜由が言った。

百面鬼は言われた通りにした。亜由は床にひざまずくと、せっかちにペニスに唇を被(かぶ)せてきた。百面鬼は舐め回され、深く呑まれた。

分身は一段とそそり立った。体の底が引き攣(つ)れるほどの勢いだった。

百面鬼は頃合(ころあい)を計(はか)って、亜由をベッドに横たわらせた。改めて柔肌を手と唇で慈(いつく)しみ、秘部に顔を寄せた。恥毛を掻き上げ、クリトリスに息を吹きかける。亜由が淫蕩(いんとう)な声を発し、尻をもぞもぞとさせた。

百面鬼は舌の形をさまざまに変えながら、亜由の性器をくまなく舐め回した。

亜由が喘(あえ)ぎ、腰を小さくくねらせはじめた。百面鬼は親指の腹で小さな突起を揺さぶりながら、舌を閃(ひらめ)かせつづけた。二分も経たないうちに、亜由は悦楽(えつらく)のうねりに呑み込まれた。

百面鬼は正常位で分け入った。分身の硬度は少しも変わっていない。

亜由がマシーンのように腰を動かしはじめた。百面鬼も負けじと抽送(ちゅうそう)を繰り返した。

二人の吐く息がぶつかり合う。フラットシーツが捩れに捩れ、枕はベッドの下に落ちた。寝具も、ずり落ちかけている。

喪服の力を借りなくても、ノーマルなセックスができるようになった。亜由のおかげだ。久乃を棄てる気はないが、亜由とも別れたくない。救いの主には、もっともっと感謝したい気持ちだった。

百面鬼は、がむしゃらに突いた。時々、捻りも加える。

「わたし、また……」

亜由が告げた。体にはエクスタシーの前兆があった。眉根は寄せられ、口は半開きだった。桃色の舌が海草のように口の中で踊っている。

百面鬼はラストスパートをかけた。ほどなく二人は、ほぼ同時にゴールに達した。思わず百面鬼は獣のように唸った。それほど快感が深かった。

やがて、余韻は消えた。百面鬼は亜由から離れ、添い寝をした。

「あなたが大型犬に穢されたとこを平気で舐めてくれたとき、わたし、胸の奥がじーんとしちゃった。すごく嬉しかったわ」

「そっちの体は、きれいだった。引っ掻き傷一つなかったよ」

「その話はやめましょう」

亜由がうろたえた様子で言い、目を逸らした。

なぜ狼狽したのだろうか。もしかすると、獣姦などされていないのか。そうだとしたら、どうして亜由は嘘をつく必要があったのだろうか。

百面鬼は何か釈然としなかった。

3

ノックはしなかった。

百面鬼は勝手にドアを開けた。関東桜仁会安岡組の事務所だ。亜由を抱いた翌日の午後三時過ぎである。居合わせた組員たちが目を伏せた。

「組長は？」

百面鬼は組員のひとりに声をかけた。

「奥におりますが、あいにく来客中でして」

「客は男か？」

「いいえ、女です。ご用件は、わたしがうかがいましょう。組長さん、大事な商談をしてるんですよ」

組員が困惑顔になった。ほかの若い衆も、何やらばつ悪げだった。

安岡は、女と戯れているのだろう。そう直感した。

百面鬼はパーティションで仕切られた応接室に向かった。

組員たちが声を揃えて制止した。百面鬼はそれを無視して、ノックなしでドアを開けた。

やはり、思った通りだった。長椅子に腰かけた安岡は、腿の上に若い女を跨がらせていた。女はミニスカートを穿いていたが、パンティーは着用していなかった。剝き出しの白い尻は、茹で卵を連想させた。二人が対面座位で交わっていることは間違いない。

「昼間っから、ずいぶんお盛んじゃねえか」

百面鬼は茶化した。

若い女がびくっとして、すぐに安岡の腿の上から降りた。化粧がけばけばしい。二十歳そこそこだろう。風俗嬢かもしれない。

「そいつを拾って、席を外してくれねえか」

百面鬼は床に落ちている紫色のパンティーを見ながら、ミニスカートの女に言った。

「あんた、誰よっ。ノックぐらいして！」

「威勢がいいな。おれを知らねえとは、もぐりだね。ちょっと前に新宿に流れてきたみてえだな」

「余計なお世話よ。あんた、態度がでっかいわね。あたしはさ、組長の情婦なのよ」

女がそう言いながら、安岡を振り返った。安岡は黒光りするペニスをトランクスの中に収めかけていた。

「綾香、その旦那は新宿署の方だ」

「嘘でしょ!? どう見ても、堅気には見えないじゃん」

「だよな。でも、れっきとした刑事さんなんだ。おまえはマンションに帰りな。つづきは後でやろう」

「わかった。いいとこだったのにね」

綾香と呼ばれた娘がパンティーを抓み上げ、そのまま応接室から出ていった。

百面鬼は、安岡の正面のソファに腰かけた。

「どっかの家出少女か?」

「立川の女暴走族の頭やってた娘ですよ。キャッチの仕事をさせてたんですけど、けっこうナイスバディなんで、こっちが面倒見はじめたんです」

「好きだな」

「ところで、きょうは何です? ついこないだ、一千万差し上げたばかりでしょうが。

銭は、もう勘弁してほしいな」

安岡が言った。

「きょうは集金じゃねえから、安心しな。足のつかない日本刀(ポントウ)ひと振りと短機関銃(サブマシンガン)を出してくれや」

「点数稼ぎたくなったんですか？」

「ばか言え。おれは点取り虫じゃない。出来(でき)レースの押収なんかやるかよ」

「それじゃ、喧嘩(ゴタ)に使うんですね」

「いや、ちょっとした仕掛けの小道具にするだけだ。安岡組にとばっちりは及ばねえから、協力してくれや。短機関銃は、イスラエル製のUZI(ウージー)がいいな。もちろん、フル装塡(そうてん)の弾倉も提供してもらう」

「日本刀はありますが、短機関銃はないんですよ」

「全面的に協力しないと、家宅捜索(ガサイレ)かけるぜ。そうすりゃ、ロケット・ランチャーも押収できそうだな」

「旦那にはかなわない」

「すぐ用意させろ」

百面鬼は命じて、葉煙草(シガリロ)をくわえた。安岡が肩を竦(すく)め、長椅子から立ち上がった。応接室を出て、子分のひとりを大声で呼びつけた。

待つほどもなく安岡が戻ってきた。

「ご注文の品は、ゴルフのクラブバッグに入れるよう指示しました」

「ありがとよ。まあ、坐れや」

百面鬼は言った。安岡が苦笑しつつ、長椅子に腰かける。

「そっちは、『大東亜若獅子会』の黒岩広樹って会員を知ってるか？」

「いいえ、知りません。会長の羽柴には何かの会合で一度会ってますが、黒岩という奴とはまったく面識がありません」

「そうかい」

「そいつが何かで旦那を怒らせたんですか？」

「いや、そうじゃねえんだ。大物右翼の富樫是清や志賀大膳とはつき合いがあるのかな？」

「おふた方のお名前は存じ上げていますが、つき合いはありません」

「ふうん」

「旦那、右翼の大物たちが何かやろうとしてるんですか？」

「別にそうじゃねえんだ。若い娘と遊ぶのも結構だが、腹上死なんかするなよ」

百面鬼は安岡を冷やかして、腰を浮かせた。

応接室を出ると、口髭をたくわえた組員が黙ってクラブバッグを差し出した。仏頂面だった。百面鬼はクラブバッグを受け取り、中身を確認した。段平がひと振りとUZIがちゃんと入っていた。実弾入りの弾倉もあった。

「邪魔したな」

百面鬼はクラブバッグを肩に担ぐと、組事務所を出た。エレベーターで一階に降り、表に出る。

少し先の路上に、松丸のエルグランドが停まっていた。百面鬼は松丸の車に近づいた。立ち止まると、松丸がパワーウインドーのシールドを下げた。

「百さん、小道具は？」

「手に入れたよ。先に富樫の邸に鍔のない日本刀を投げ込む。松は若い刑事になりすまして、おれが押し問答してる隙に電話保安器にヒューズ型の盗聴器を仕掛けてくれ」

「了解！　その後、志賀大膳の自宅に回るんすね？」

「そうだ。おれが先導するから、松は従いてきな」

百面鬼はエルグランドから離れ、二十メートルほど先に駐めてあるクラウンに足を向けた。

ゴルフのクラブバッグを後部座席に寝かせ、慌ただしく運転席に入る。百面鬼は覆面パトカーを発進させ、靖国通りに出た。松丸の車が従いてくる。

新宿五丁目交差点から明治通りに入り、渋谷方面に向かった。民族派の総大将の自宅は南平台町にある。正午前に郷刑事に電話をかけ、富樫と志賀の住所を教えてもらったのだ。

およそ三十分で、目的地に着いた。富樫の自宅は邸宅街の一角にあった。数寄屋造りの豪邸だ。敷地が広く、庭木も多い。

百面鬼は覆面パトカーを富樫邸の少し先に停めた。クラブバッグから段平と呼ばれている日本刀を抜き出し、ベルトの下に差し込む。背中のあたりだ。

百面鬼は周りを見ながら、富樫邸に近づいた。閑静な住宅街はひっそりと静まり返り、人っ子ひとり通りかからない。

百面鬼は鉄製の忍び返しのある石塀越しに段平を庭先に投げ込んだ。かすかな落下音が聞こえたが、家屋から誰かが出てくる気配はうかがえない。

松丸がエルグランドを降り、百面鬼に歩み寄ってきた。幾分、緊張した面持ちだった。

民族派のボスは闇社会と深い関わりがある。松丸はそのことで、少々、怯えているのだろう。

「松、ビビることはないよ。おれが一緒なんだから、下手なことはさせねえって」

百面鬼は盗聴器ハンターに小声で言い、インターフォンを高らかに鳴らした。

ややあって、スピーカーから男の野太い声が響いてきた。富樫の秘書か、書生だろう。

「新宿署の者だ」

「ご用件は？」

「昨夜、新宿署管内で傷害事件を起こした若い暴力団員がお宅の庭に凶器を投げ捨てたと供述してる」

「今朝早く庭の掃除をしたんですが、不審な物は何も落ちてなかったと思うがな」

「とにかく、庭を見せてもらいたいんだ。令状は後から持ってくる」

「わかりました。少々、お待ちください」

「よろしく！」

百面鬼は言って、ほくそ笑んだ。

少し待つと、レスラーのような体型の男が応対に現われた。二十七、八歳だろうか。

富樫のボディーガードなのだろう。百面鬼は大男に警察手帳を短く見せた。

「お連れの方も新宿署の……」

「同僚刑事だ。間もなく令状を持った捜査員が来る。その前に、ちょっと庭を覗かせてくれないか」

「いいでしょう」

大柄な男が門扉を開けた。百面鬼は松丸を目顔で促し、先に邸内に足を踏み入れた。松丸が百面鬼に倣う。

「そっちは向こうを探してくれ」

百面鬼は内庭の右側を指さした。松丸が短い返事をして、石畳の向こう側に足を向けた。

「おたくに立ち会ってもらおう」

百面鬼は大男に言い、庭の左手に向かった。

和風庭園は手入れが行き届いていた。百面鬼はわざと段平を投げ落とした場所から隔ったあたりに目を凝らしはじめた。時間稼ぎだ。

さりげなく松丸の姿を目で追うと、家屋に近い場所に立っていた。電話保安器のある箇所を探っているにちがいない。

「何も落ちてないじゃありませんか。傷害事件を起こした男は、いい加減なことを言ったんでしょう。うちの富樫先生は有名人だから、反感を持ってる人間もいるんですよ」

巨体の男が言った。

「富樫さんは外出してるのか？」

「いいえ、書斎で本を読んでいます」

「そう。こないだ、ドイツ人の難民救援活動家が何者かに射殺されたよな。富樫さんは、殺されたペーター・シュミットの活動を苦々しく思ってたんだろうね」

「先生はシュミットのやってることは単なる売名行為だと非難してましたよ。それから北朝鮮難民を韓国に亡命させるんじゃなく、自分の祖国のドイツに送り込むべきだとも言ってました」

「確かに、そうだよな。そのうち日本にも難民が大量に流れ込んでくるかもしれないと心配してる向きもあるが、富樫さんはどう思ってるんだい？」

「先生は、そのことをとても心配されています。ただでさえ不法滞在の外国人がたくさん住みついてるのに、その上、北朝鮮難民が大勢やってきたら、大和(やまと)民族の生活や文化が脅(おびや)かされてしまうと憂慮(ゆうりょ)されてるんですよ」

「いまの日本は政治も経済もガタガタだ。富樫さんあたりが立ち上がって、再生の旗振りをやってくれるといいんだがな」

百面鬼は誘い水を撒(ま)いた。大男は曖昧(あいまい)に笑ったきり、何も言わなかった。

「そういえば、景気回復の足を引っ張ってると悪評だった森内経産大臣も狙撃されたな」

「森内が暗殺された日は、先生、とてもご機嫌でしたよ。常々、先生は現内閣が長くつづいたら、日本は再生のチャンスを逸してしまうかもしれないとおっしゃってましたので、どうせなら、菅野総理を暗殺してくれればよかったのに」

「過激なことを言うね。もしかしたら、富樫さんがスナイパーを雇って、シュミットや森内を狙撃させたのかな」

「何を証拠にそんなことを言うんだっ」

「気色ばむなって。冗談だよ」

「冗談にしても、礼を欠きすぎてる」

「悪い、悪い！」

百面鬼は大男をなだめ、目で松丸の姿を捜した。松丸がゆっくりと歩み寄ってくる。

もうヒューズ型の盗聴器は仕掛けたようだ。百面鬼は石塀のそばに移動し、庭木の小枝を掻き分けた。灌木の奥に、投げ込んだ段平が落ちていた。

「あった！　あれだな」

百面鬼は上着のポケットから白い布手袋を取り出し、素早く嵌めた。

大柄な男がしゃがみ込んで、庭木の奥に目をやった。百面鬼は利き腕を伸ばして、鍔のない日本刀を摑み上げた。

「凶器が見つかりましたね」

松丸が澄ました顔で百面鬼に言った。百面鬼は無言でうなずいた。

ちょうどそのとき、家の中から大島紬を着た男が現われた。富樫だった。雑誌に載っていた写真よりも、だいぶ老けている。ずんぐりとした体型だった。

「なんの騒ぎだ？」

富樫が巨体の男に訊いた。

大男が経緯を伝えた。百面鬼は富樫に会釈した。松丸が慌てて頭を下げる。

「迷惑な話だな。凶器がわたしの家に投げ込まれたことは、マスコミには伏せるよう署長に言っといてくれ」

富樫が百面鬼に顔を向けてきた。頬の肉がたるんでいた。鱈子唇は妙に赤かった。てらてらと光っている。

「署長は記者たちと馴れ合ってるから、口を噤んでいられるかどうか」

「わたしの頼みを無視したら、警視総監と警察庁長官に電話をして、新宿署の署長をどこかに飛ばしてやる」

「うちの署長も、富樫さんの意向は無視できないと思いますよ。それはそうと、匂坂直規さんはお元気ですか？」

「きみは匂坂君を知ってるのか⁉」

「ええ。匂坂さんは、富樫さんに目をかけてもらってるんだと自慢してましたよ。箱根の別荘も、よく使わせてもらってるんだとも言ってたな」

「そうかね」

「彼は箱根の別荘に籠って、富樫さんの講演の草稿でも書いてるんですか？」

「匂坂君とは正月に会ったきりだよ。『未来塾』の活動が忙しくなりそうだと言ってたから、ここにもなかなか顔を出せないんだろう」

「そうだったのか。どうもお騒がせしました。さっきの件は、署長によく言っておきますよ。間もなく同僚が令状を届けに来ると思いますが、われわれは先に署に戻ります」

百面鬼は富樫に言って、松丸に目配せした。

ほどなく二人は富樫邸を出た。百面鬼は歩きながら、松丸に問いかけた。

「例の物、ちゃんと仕掛けてくれたな？」

「ばっちりっすよ。匂坂を背後で動かしてるのは、富樫じゃなさそうだね。正月に会ったきりだって言ってましたんで」

「まだわからねえぞ。富樫は相当な狸だって噂がある。次は田園調布の志賀大膳の家（ヤサ）に電話盗聴器を仕掛けよう」

「了解！」

松丸が先にエルグランドに乗り込んだ。

百面鬼は覆面パトカーに急ぎ、回収した段平をクラブバッグの中に入れた。それから運転席に坐り、車を走らせはじめた。

大田区田園調布五丁目にある志賀邸を探し当てたのは、四時半過ぎだった。

右翼の論客は意外にも古びた洋館に住んでいた。青年時代に左翼思想にかぶれていた志賀は二度の投獄生活を味わった後（のち）、転向したのである。反動からなのか、右傾化するのに時間はかからなかった。しかも過激な内容の原稿を総合月刊誌や週刊誌に寄せ、進歩派文化人たちに論戦を挑みつづけてきた。

志賀は株や不動産で資金を上手に運用し、相当な金満家（きんまんか）だった。財界人や民自党の元首相たちとは親交を重ねている。

百面鬼はクラブバッグの中からイスラエル製の短機関銃（サブマシンガン）を取り出し、志賀邸内に投げ込んだ。さきほどと同じ手口で、百面鬼たちは志賀の自宅にまんまと入り込む。しかし、志賀は妻と旅行中で不在だった。

百面鬼はお手伝いの女性に作り話をして、凶器のＵＺＩ（ウージー）を探す振りをした。気のいいお手伝いは地べたに膝をつき、一緒に短機関銃を探してくれた。

その間に松丸が電話保安器を見つけ出し、ヒューズ型盗聴器を仕掛けた。百面鬼はそれを確認すると、予め投げ込んであった短機関銃を回収した。

「見つかって、よかったですね」

お手伝いの女性が表情を明るませた。

「ええ。こちらに匂坂という男が出入りしてますよね？」

「はい。あの匂坂さんが乱射事件に関与しているのですか!?」

「いや、そうじゃないんだ。匂坂は個人的な知り合いなんですよ。いつだったか、彼が志賀大膳さんにかわいがられていると言ってたことを思い出したんです。その話は事実なのかな？」

「ええ。最近はいらっしゃってませんけど、以前は月に二、三度はお見えになっていました。旦那さまの口述筆記を手伝ったり、原稿の下書きなんかをなさってたの」

「匂坂が鍋島和人をここに連れてきたことは？」

「いいえ、ありません。お見えになるときは、いつも匂坂さんおひとりでしたよ」

「そうですか。匂坂は、那須高原にある山荘の鍵を預かってると言ってたが……」

「ええ、それは間違いありません。旦那さまが自由に使っていいとだいぶ前に匂坂さんに山荘の合鍵を渡したはずです」

「そう。匂坂に会って確かめたいことがあるんですが、彼の居所がわからないんですよ。もしかしたら、志賀さんの山荘に泊まり込んでるのかもしれないな。別荘は、那須高原のどのあたりにあるんです？」

百面鬼は探りを入れた。

お手伝いの女性は、怪しむことなく山荘のある場所を親切に教えてくれた。那須湯本温泉寄りにあるという話だった。

「ご協力に感謝します」

百面鬼は相手に礼を言い、松丸に目で合図する。

松丸が心得顔で、先に志賀邸を出た。百面鬼も辞去した。

「ひょっとしたら、匂坂は従弟の鍋島と一緒に志賀大膳の山荘に身を潜めてるのかもしれないっすね」

松丸が言った。

「おれも、そう思ったよ。こっちは、これから那須高原に行ってみる。松は本郷の匂坂のアパートに行って、受信機の自動録音装置のテープに何か吹き込まれてるかどうかチェックしてくれねえか」

「いいっすよ。多分、匂坂は自分の塒(ねぐら)には戻ってないと思うけどな」

「無駄になるかもしれねえけど、匂坂が着替えを取りにアパートに戻った可能性もある」

「そうっすね。一応、チェックしてみますよ」

「よろしく頼まあ」

百面鬼は松丸の肩を軽く叩いて、クラウンに歩み寄った。

4

運悪く渋滞に引っかかってしまった。

東京外環自動車道である。戸田東IC(インターチェンジ)の手前で追突事故があったとかで、車の流れは滞(とどこお)りがちだった。

「くそっ、一般道を走りゃよかったぜ」

百面鬼はぼやいて、カーラジオの電源スイッチを入れた。選局ボタンを幾度か押すと、ニュースが流れてきた。

「繰り返しお伝えします。今朝から正午過ぎにかけ首都圏の十八カ所のサービス付き高齢者向け住宅の給水タンクに青酸化合物が投入され、その水道水を飲んだり、調理されたものを食べた方たちが相次いで死亡しました。亡くなられた方は千人にのぼりました」

女性アナウンサーが少し間を取ってから、被害のあったマンション名を伝えはじめた。おそらく敵の仕業だろう。ひどいことをするものだ。百面鬼は怒りを募らせた。

アナウンサーは犠牲者の名を読み上げた後、救急病院に入院した生存者の氏名も明かした。

「次のニュースです。きょうの午前十一時ごろ、札幌、仙台、福島、千葉、東京、横浜、浜松、名古屋、金沢、大阪、京都、神戸、広島、福岡、長崎の公共職業安定所が同時に爆破され、求職活動中の男女千数百人が死傷しました。警察は先日、東京の飯田橋ハローワークを爆破させた犯人グループの犯行と見ています。そのほか詳しいことはわかっていません」

アナウンサーがいったん言葉を切り、言い継いだ。

「次もテロのニュースです。東京・上野、横浜、名古屋、大阪の路上生活者たちが今朝未明、段ボール小屋などで就寝中にアヒルのゴムマスクを被った男たちに手榴弾を投げつけられ、多数の死傷者が出ました。亡くなられた五十二人は、いずれも中高年男性でした。負傷した方たちは、それぞれ救急病院で手当てを受けています。次は保険金殺人のニュースです」

アナウンサーが、また間を取った。

ハローワークの同時爆破とホームレス爆殺も、千代田太郎がやらせたにちがいない。

百面鬼は確信を深めながら、ラジオの電源を切った。

正体不明の敵が日本の再生の足枷になると勝手に思い込み、弱者たちを次々に抹殺しはじめていることは、ほぼ間違いないだろう。そのうち、無職の若い男女も狙われることになりそうだ。不法滞在の外国人たちも葬られるかもしれない。

人でなしの自分が偉そうなことは言えないが、反骨精神の旺盛な人間や弱者を斬り捨てるという考え方は思い上がっている。弱肉強食の世の中だが、そこまでやってしまったら、人間ではない。そんな独裁者じみた蛮行は赦されることではない。

百面鬼は義憤を募らせた。

車が少しずつ流れはじめた。追突事故現場を通過する。さらに流れはスムーズになった。川口JCTから東北自動車道に入ると、百面鬼は車のスピードを上げた。追い越しレーンを突っ走り、浦和I C を越えた。

携帯電話が鳴ったのは、岩槻ICの数キロ手前だった。発信者は松丸だ。

「松、何か収穫があったようだな」

「大ありっすよ。匂坂のアパートに仕掛けた盗聴器の受信機を回収して、録音音声を再生してみたんす。そしたら、なんと匂坂と鍋島の遣り取りが収録されてたんすよ。百さん、二人は赤坂プリンセスホテルにずっと泊まってたみたいっすよ」

「おれの読みは外れたな。けど、まだ岩槻ＩＣの手前を走ってる。那須高原に着く前でよかったぜ。それで、匂坂と鍋島の会話から何か摑めたのか？」

百面鬼は訊いた。

「ええ。鍋島が勤め先から持ち出した特許技術の開発データは、匂坂の部屋に隠してあったようです」

「そうか。やっぱり、鍋島は従兄に唆されて、開発データを持ち出したんだな」

「そうみたいっすね。それで、二人は開発データをベルギーの食品会社に売ることにしてるようなんすよ」

「なんて会社なんだ？」

「『エンゼル食品』っす。で、今夜八時に二人は日比谷の帝都ホテルのロビーで、『エンゼル食品』のシラクって役員と落ち合うことになってるみたいなんすよ」

「八時だな？」

「そうっす。あと二十分で、八時になるよね」

「松、いま、どこにいるんだ？」

「帝都ホテルのロビーに着いたとこっす。まだ匂坂たち二人は来てないみたいっすね。ロビーに白人の男は何人もいるんだけど、その中にシラクってベルギー人がいるのかどうか。姓からフランス系のベルギー人だってことはわかるんすけど、なんせ相手の顔も知らないわけだから……」

「松、フロントで呼び出しのアナウンスをしてもらえ。それで、ロビーの隅からシラクって奴の面をよく見とけ。それから、シラクがチェックインしてるかどうかも調べてくれや」

「了解！」

「おれも帝都ホテルに行かあ。商談がすぐに終わるようだったら、そっちは匂坂たち二人を尾行してくれ」

「オーケー。できるだけ密に連絡するようにするっすね」

松丸が先に電話を切った。

百面鬼は携帯電話を懐に戻すと、車を左のレーンに移した。岩槻ＩＣでいったん降り、東京に引き返しはじめた。

帝都ホテルに着いたのは九時数分前だった。

ロビーに松丸はいなかった。鍋島たちの姿も見当たらない。匂坂、鍋島、シラクの三人は館内のレストランか日本料理店で食事をしているのか。

百面鬼はホテル内の飲食店をすべて覗いてみた。しかし、徒労に終わった。

シラクの部屋で商談をしているのかもしれない。百面鬼はフロントに走った。フロントマンに警察手帳を呈示し、早口で話しかける。

「シラクというベルギー人がチェックインしてるかどうか調べてほしいんだ」

「フルネームを教えていただけますでしょうか？」

「シラクって姓しかわからないんだ。勤務先は『エンゼル食品』という会社だよ」

「少々、お待ちください」

フロントマンが恭しく頭を下げ、すぐに端末の前に移った。キーを叩きはじめる。

「どうかな？」

「シラクというお名前の方はチェックインされておりません」

「別名を使ってるのかもしれないな。ベルギー国籍の男はチェックインしてる？」

「いいえ。ベルギー人の女性は今朝まで投宿されていましたが、正午前にチェックアウトされています。シラクというお方は別のホテルに泊まられているのではないでしょうか」

「そうなのかもしれないな。ありがとう！」

百面鬼はフロントから離れた。

ロビーを少し歩いたとき、松丸から電話がかかってきた。

「おれっす。例の二人は、シラクと銀座七丁目にある『シャンティ』って高級クラブで飲んでます」

「その店は、どのあたりにあるんだ？」

「並木通りっす。資生堂の斜め前にある煉瓦造りの飲食店ビルの五階です。おれ、その飲食店ビルの近くにいるんすよ。車の中っす」

「商談は帝都ホテルのロビーで行われたのか？」

「多分、そうなんだと思うっす。鍋島がシラクに蛇腹封筒を手渡したから。そうだ、シラクは五十年配です。髪の毛は栗色だけど、だいぶ薄くなってます」

「瞳の色は？」

「ヘーゼルナッツみたいな色っすね。中肉中背といっていいのかな。茶系の背広を着て、グリーンの柄ネクタイを締めてました」

「そうか。すぐそっちに行く。松は『シャンティ』に近づくな」

百面鬼は通話を切り上げた。

急いで地下駐車場に降り、覆面パトカーに乗り込む。車を銀座に走らせた。四、五分で目的地に着いた。

松丸のエルグランドは、煉瓦造りの飲食店ビルの数十メートル手前に停まっていた。百面鬼はエルグランドの後方にクラウンを駐め、すぐに車を降りた。

エルグランドの中に松丸の姿はない。

ドアはロックされていなかった。百面鬼は悪い予感を覚えた。

車内に首を突っ込むと、かすかに薬品臭かった。松丸は麻酔液を嗅がされて、拉致されたのではないか。

百面鬼はライターの炎で車内を照らした。助手席の下に、松丸の携帯電話が転がっていた。連れ去られたことは間違いなさそうだ。

百面鬼は松丸の携帯電話を拾い、上着のポケットに突っ込んだ。あたり一帯を駆けずり回ってみたが、怪しい車は見当たらなかった。

匂坂たちを締め上げる気になった。

百面鬼は飲食店ビルに走り入り、エレベーターで五階に上がった。『シャンティ』はエレベーターホールのそばにあった。黒い扉に店名が刻まれていた。

百面鬼は店内に躍り込んだ。
四、五組の客が美しいホステスたちを侍らせ、ゆったりとグラスを傾けていた。鍋島たちは、どこにもいなかった。
「ここは会員制になっております。一見さんは、お断りしてるんですよ。お引き取り願えますか」

黒服の若い男が百面鬼の片腕を摑んだ。百面鬼は相手の手を振り払った。

「うるせえんだよ。おれは刑事だ」

「そんな嘘は通じませんよ。組関係の方なんでしょうが、うちは住川会にみかじめ料を払ってるんです。おとなしく帰らないと、用心棒を呼ぶよ」

相手が凄んだ。百面鬼は懐から警察手帳を取り出し、黒服の男の横っ面をはたいた。

「おたくが刑事なんすか!?　とても警察の方には見えませんけどね」

「いいから、フロアマネージャーかママを呼びな」

「はい、すぐに」

若い男が卑屈な笑みを浮かべ、事務室に足を向けた。

客やホステスが不安そうな眼差しを百面鬼に向けてくる。

「ここで誰かに手錠打つわけじゃないから、安心して飲んでよ」

百面鬼は客たちに声をかけた。客たちが安堵した表情でグラスに手を伸ばす。ホステスたちも客をもてなしはじめた。

「何があったのでしょう？」

和服姿の三十三、四歳の女が歩み寄ってきた。

「ママかな」

「ええ、そうです」

「少し前まで匂坂直規たち三人がいたね。ひとりは、シラクって名のベルギー人だ」

「は、はい。どこからか匂坂さんにお電話があって、三人は慌ててお帰りになりました」

「匂坂は、この店のメンバーなんだろう？」

「ええ、その通りです。『未来塾』を主宰されている両方倫行先生のご紹介で、匂坂さんは会員になられたんですよ」

「一緒に飲んでた鍋島もメンバーなのか？」

「鍋島さん？　ああ、匂坂さんの従弟の方ですね。あの方は会員ではありません。匂坂さんが二、三度お連れになったことがあるだけです」

「シラクというベルギー人は匂坂と前にも来たことがあるのかな」

「いいえ、今夜が初めてです。食品会社の役員だとかで、商用で日本に来られたのだとおっしゃっていました」

「シラクは日本語、話せるのか？」

「いいえ。会話は英語で交わしたんです」

「ママは語学が達者なんだ？」

「日常会話程度しか英語は喋(しゃべ)れないんです。ですので、国際情勢なんかのことはほとんど話せません」

「それでも、たいしたもんだ。こっちなんか、挨拶(あいさつ)もできないからな。ところで、シラクはどこに泊まってるって？」

百面鬼は問いかけた。

「紀尾井町(きおいちょう)のオオトモホテルに泊まってらっしゃるそうです」

「そう」

「刑事さん、匂坂さんが何か悪いことをしたのですか？」

「そういう質問には答えられない規則になってるんだ。それより、この店には『未来塾』のメンバーがよく来てるのかな？」

「五、六人お見えになりますね。みなさん、エリートばかりで、明日の日本を背負って立つんだと意気軒昂なんです。とても頼もしい方たちですね」

「両方先生も来てるんだろ？」

「持病の痛風がひどくなったとかで、しばらくお顔を見せてくださらないの。わたし、両方先生を父親のように慕ってるんですよ。だから、寂しくって」

ママが言って、わざとらしく腕時計に目をやった。そろそろ退散してほしいというサインだろう。

百面鬼は『シャンティ』を出て、エレベーターに乗った。松丸は、匂坂と鍋島が泊まっている赤坂プリンセスホテルに連れ込まれたのかもしれない。百面鬼は飲食店ビルを出ると、慌ただしくクラウンに乗り込んだ。サイレンを響かせながら、前を走る車を次々に追い抜いていく。

十数分で、赤坂プリンセスホテルに着いた。百面鬼は覆面パトカーをホテルの車寄せに駐め、フロントに急いだ。

「警察の者だ。匂坂直規と鍋島和人の部屋を教えてくれないか」

「お二人とも、数十分前にチェックアウトされました。しばらく投宿してくださるというお話でしたが、急に予定が変更になったそうです」

若いフロントマンが言った。

「二人の行き先は？」

「どちらも何もおっしゃいませんでした」

「そう。どうもありがとう！」

百面鬼は謝意を表し、フロントに背を向けた。

匂坂と鍋島がそれぞれの自宅に戻ったとは思えない。いちいち確かめに行くのは時間の無駄だろう。百面鬼は覆面パトカーに乗り込み、紀尾井町に向かった。ほんのひとっ走りで、オオトモホテルに着いた。

フロントで素姓を明かし、シラクの部屋を訊く。

「『エンゼル食品』のジャン・シラクさまは、一八〇一号室にお泊まりでございます」

四十代半ばのフロントマンが緊張気味に答えた。

「部屋にいるのか？」

「さきほど鍵をお取りに見えましたので、いらっしゃると思います。シラクさまが何か法律に触れるようなことでもされたのでしょうか？」

「なあに、ちょっとした事情聴取だよ」

百面鬼は言って、エレベーター乗り場に足を向けた。

エレベーターは八基あった。待つことなく函（ケージ）に乗り込むことができた。百面鬼は十八階に上がり、一八〇一号室のチャイムを鳴らした。

ややあって、ドア越しに男の声で応答があった。英語だった。

「わたし、ホテルの者です。天井に設置されてるスプリンクラーが故障しているのですよ。ほんの数分で修理は済みますので、お部屋に入れていただけないでしょうか」

百面鬼はブロークン・イングリッシュで、もっともらしく言った。発音が悪かったのか、三度も訊き返された。

それでも、なんとか相手に意味が通じたようだ。ドアが開けられ、青いバスローブをまとった白人の中年男が顔を見せた。

栗毛で、頭髪は薄かった。シラク本人だろう。

百面鬼は室内に押し入り、いきなり相手の顔面にストレートパンチをぶち込んだ。濡れた毛布を棒で叩いたような音がした。

栗毛の白人男は仰向けに引っくり返った。バスローブの裾が乱れ、生白いペニスが露になった。

「『エンゼル食品』のジャン・シラクだなっ」

百面鬼は片言の英語で確かめた。

「そうだ。あなた、本当にホテルマンなのか？」

「鈍いな。おれは偽のホテルマンさ。あんた、鍋島が『北斗フーズ』附属バイオ食品研究所から持ち出した特許技術の開発データを買ったな？」

「あなたが何者かわからないうちは何も言えない」

シラクが英語で言って、半身を起こそうとした。

百面鬼は踏み込み、相手の睾丸を思うさま蹴り上げた。シラクが股間を両手で押さえ、目を白黒させた。百面鬼はショルダーホルスターからシグ・ザウエルＰ230ＪＰを引き抜いて、手早く安全弁を外した。

「時間がねえんだ。正直に答えないと、頭が吹っ飛ぶぜ」

「撃つな。買った、買ったよ。匂坂さんがインターネットの裏サイトで新技術のノウハウを売りたいと買い手を求めてたんで、わたしの会社が興味を示したんだ。値段の交渉でもたもたしたんだが、日本円にして十五億円で買い取ることができた」

「きょう、帝都ホテルのロビーで特許技術の開発データを受け取ったんだな？」

「えっ」

「死にてえのか」

「ああ、受け取ったよ」

「そいつを出してもらおうか」

「この部屋にはない。受け取ったUSBメモリーや開発データは、すぐ国際宅配便業者に渡してベルギーの会社宛に送ってもらったんだ。嘘じゃない。疑うんなら、伝票の控えを見せてもいいよ」

シラクが早口の英語で言った。ひどく聞き取りにくかったが、おおよその意味は百面鬼にも理解できた。

「代金はどうしたんだ？」

「会社の者が指定された口座に振り込むことになってる」

「誰の口座なんだ？」

「匂坂さんは、香港銀行の『未来塾』名義の口座に十五億円そっくり振り込んでほしいと指定してきた。だから、部下にその口座に振り込むように指示した」

「振り込みはストップさせろ」

「なぜ？」

「匂坂たちは、その十五億円を軍資金にして、とんでもない悪さをしようとしてるんだよ」

「その話は事実なのか!?」

「ほぼ間違いないだろう。振り込みをやめさせないと、あんたも共犯者と見なすぞ」

「すぐベルギーの会社に電話をかけるよ」

「そうしな。匂坂と鍋島は少し前に赤坂プリンセスホテルを引き払った。二人の行き先、知ってるんじゃねえのかっ」

　百面鬼は声を張った。

「わたしは知らない。疚（やま）しい商取引だったから、われわれはお互いに今後は連絡を絶つことにしたんだ」

「ＵＳＢメモリーや開発データは『北斗フーズ』附属バイオ食品研究所に送り返せ。匿名でいいよ。おっと、待った。おれの勤務先に送ってもらおうか」

「あんたは何者なんだ？」

「刑事（コップ）だよ」

「冗談だろ!?」

　シラクが素（す）っ頓狂（とんきょう）な声をあげた。百面鬼は拳銃をホルスターに戻し、手帳にローマ字で新宿署の住所と自分の氏名を書いた。

「おれにＵＳＢメモリーと開発データを送らなかったら、国際刑事警察機構（インターポール）を通じて、あんたを詐欺（さぎ）罪でベルギーの警察に逮捕させるぞ」

「そ、そんな……」

シラクが困惑顔になった。百面鬼は手帳の一頁を引き千切り、床に落とした。

一八〇一号室を出たとき、千代田太郎から電話がかかってきた。

「てめえの正体がようやくわかったぜ。『未来塾』を主宰してる両方倫行だなっ」

「よくわかったな。結構やるじゃないか」

「てめえは匂坂たち教え子を焚きつけて、日本の再生の邪魔になるものを何もかも排除しようと企んでやがるんだな。おれにペーター・シュミットや森内経産大臣を狙撃させ、金で雇った奴らに特養ホームや公共職業安定所を爆破させたり、ホームレスたちを手榴弾で爆殺させた。サービス付き高齢者向け住宅の給水タンクに青酸化合物を投げ入れさせたのも、てめえなんだろうが！」

「否定はせんよ。ところで、小倉亜由をまた預からせてもらった。菅野総理を一発で仕留められそうなスナイパーがいなかったんだよ。やっぱり、おまえに狙撃してもらいたくてね」

「ふざけやがって！」

「おたくが菅野総理を射殺しなかったら、人質は即刻、処刑する。いま、人質の声を聴かせてやろう」

脅迫者が沈黙し、亜由の声が流れてきた。

「こんなことになってしまって、ごめんなさい。宅配業者に化けた男たちは拳銃を持ってたのよ。だから、わたし、何も抵抗できなくなってしまったの」

「謝らなくてもいいって」

「百面鬼さん、わたし、死にたくない。だって、死んだら、もうあなたに会えなくなるもの。そんなの、いや！」

「おれだって、そっちとずっと会いてえよ。けどな……」

「そう思ってるんだったら、わたしのために菅野総理を撃ち殺して！　愛のために、殺し屋になってちょうだい」

「少し考えさせてくれないか」

百面鬼は即断できなかった。亜由の声が熄み、ふたたび脅迫者が電話口に出た。

「人質は、すっかりおたくに心を奪われたようだな。愛する女のため、ひと肌脱いでやれよ」

「おれの飲み友達の松丸を拉致させたのも、てめえなんだろ？　奴を解放してくれなきゃ、菅野はシュートできねえな」

「松丸なんて男のことは知らない。また連絡するよ」

相手が電話を切った。

脅迫者を生け捕りにすれば、亜由も松丸も取り返せるだろう。百面鬼はホテルの廊下を走りはじめた。

すぐに赤堤の両方邸に乗り込むつもりだった。胸には、火柱が立っていた。怒りの炎だった。

第五章　大量殺人の首謀者

1

玄関ホールに接した応接間に通された。

世田谷区赤堤にある両方(もろかた)邸だ。思っていたよりも、はるかに豪壮な邸宅だった。

「主人、すぐまいりますので」

両方夫人がそう言い、応接間から出ていった。六十六、七歳で、どことなく気品があった。

百面鬼は何か拍子抜けしてしまった。てっきり門前払いを喰わされると思っていたのだが、あっさり家の中に請(しょう)じ入れられた。

両方倫行は、脅迫者の千代田太郎ではないのか。そのうちにわかるだろう。

百面鬼はそう思いながら、重厚なモケットソファに腰かけた。上着の左ポケットには、ＩＣレコーダーが入っている。だいぶ前に秋葉原の電器問屋街の店で購入した物で、ふだんは覆面パトカーのグローブボックスの奥に突っ込んである。

待つほどもなく両方が応接間にやってきた。

薄手の茶系のカーディガンを着ている。下はベージュのウールスラックスだ。知的な風貌で、割に上背もあった。

百面鬼は立ち上がって、目礼した。

「匂坂君のことで何か訊ねたいことがおありだとか？」

「ええ、そうなんですよ。夜分に申し訳ありません」

「別にかまいません。年寄りの割には宵っ張りでね、就寝するのはいつも午前一時ごろなんだ。どうぞお掛けください」

両方が言って、向かい合う位置に腰を下ろした。百面鬼も坐った。

脅迫者とは少し声が異なる。声色を使われていたのだろうか。そう思いながら、百面鬼は坐った。

「家内は、あなたが新宿署の刑事さんだと言っていたが、まさか匂坂君が歌舞伎町で家出少女を引っかけて、ホテルに連れ込んだなんてことじゃないでしょうね」

「なかなかさばけた方だな。実は匂坂直規が従弟の鍋島和人を唆して、『北斗フーズ』

附属バイオ食品研究所から未申請の特許技術の開発データを持ち出させた疑いがあるんですよ。鍋島は、その研究所に勤めてました」

「それは何かの間違いでしょう」

「匂坂を信じたいのでしょうが、彼がベルギーの『エンゼル食品』という会社に手に入れた開発データを十五億円で売った事実を摑んだんですよ」

「なぜ匂坂君はそんなことをしたんだろうか」

両方が考える顔つきになった。

「その理由は、あなたがよくご存じでしょ」

「わたしが匂坂君に何かさせたとおっしゃりたいのかな？」

「そうなんだろうが！」

百面鬼は、ぞんざいに言った。

「どうやら、わたしが匂坂君を唆したと疑われてるようだな」

「はっきり言おう。あんたは『未来塾』の連中を焚きつけて、デフレ不況で喘いでる日本を再生させるためには、社会のお荷物になってる高齢者、失業者、ホームレスたちを大量に抹殺する必要があると説いたんじゃねえのかっ」

「いったい何を言い出すんだ。わたしが塾生たちにそんなばかげたことを言うわけないじゃないか。わたしは、不況を招いたのは政治家、官僚、銀行だと考えてる人間だ。もちろん、財テクに踊らされた企業や国民にも責任はあるがね。無能な連中のツケを国民が支払わされるのは、実に理不尽な話だ。だが、同じ船に乗り合わせたと諦め、すべての日本人が協力し合って、国の再生に励むべきだろう。社会的弱者を斬り捨てるなんてファッショ的な考えなど夢想したこともない」

「きれいごとを言うなって。あんたは匂坂を使って、ドイツ人の難民救援活動家や森内経産大臣を葬れと命じたんじゃねえのか。それから、特養ホームや公共職業安定所も爆破させ、サービス付き高齢者向け住宅の給水タンクには毒物も投げ込ませた。開発データを売った金は弱者狩りの軍資金にするつもりだったんだろうがっ」

「きみは何か勘違いしてるようだな。わたしは、匂坂君にも他の塾生たちにも何かを焚きつけたことはないっ」

両方が憤然と言い、百面鬼を見据えた。一瞬たりとも目を逸らさない。

電話で話した千代田太郎は、自分が両方倫行であるような受け答えをした。それは両方に罪をなすりつけたかったからだったのか。そうだとしたら、ミスリード工作に引っかかったことになる。

百面鬼の内部で自信が揺らぎはじめた。推測は間違っていたのだろうか。しかし、相手は七十過ぎの老人だ。他人を欺く老獪さを身につけているとも考えられる。

「匂坂君が社会的弱者を大量に殺そうとしてるという証拠でもあるのかね？」

「確証はないが、心証はクロだな。おれの勘は割に当たるんだよ」

「勘で捜査をするのはよくないね。科学的な物証や確かな証言に基づいた捜査でなければ、冤罪を招くことになる」

両方が諭すような口調で言った。

「おれに説教するのはやめな。鍋島の恋人の小倉亜由を人質に取って、おれをスナイパーに仕立てたのはそっちのアイディアじゃねえのかっ」

「小倉亜由？　そういう女性は知らないな。それにスナイパーだって？　きみは誰かに暗殺を強いられたのかね。そうか、きみがペーター・シュミットと森内経済産業大臣を射殺したんだな？」

「ノーコメントだ。それより、たまには自分の手を汚せや。な、千代田太郎さんよ」

百面鬼は揺さぶりをかけた。

「千代田太郎？　そう名乗った人物がきみに狙撃を命じたらしいな。そうなんだろう？」

「その質問には答えられねえと言ったはずだ」

「きみは罠に嵌められたんだろうな。そうなんだね？」

「うるせえ！」

「やっぱり、そうか」

両方が呟いた。

この老人が役者かどうかチェックしてみるか。百面鬼はショルダーホルスターから拳銃を引き抜き、すぐにスライドを引いた。

「なんの真似なんだっ。暗殺のことを覚られたんで、わたしを殺す気になったのか？」

両方が驚いた顔で訊いた。ただ、それほど怯えた様子ではない。

この冷静さは、後ろめたさがないからなのか。百面鬼はソファから立ち上がり、両方の背後に素早く回り込んだ。

銃口を両方の側頭部に突きつけ、上着のポケットからＩＣレコーダーを取り出す。煙草の箱ほどの大きさだが、厚みは半分もない。

百面鬼はＩＣレコーダーを両方の口許に近づけた。

「大声で何か喋ってみろ」

「え？」

「氏名と現住所を大声で言うんだ」

「わかったよ」

両方が言われた通りにした。

百面鬼は耳に神経を集めた。千代田太郎とは、明らかに声質が異なっていた。両方(もろかた)は例の脅迫者ではないのだろう。両方になりすました人物は、いったい何者なのか。

「申し訳ない。こっちの早合点でした」

百面鬼は拳銃をショルダーホルスターに収め、ＩＣレコーダーも上着のポケットに戻した。それから彼はソファに坐り、改めて非礼な振る舞いを詫びた。

「きみの行動は警察官として行き過ぎだな。アナーキーそのものだ。しかし、水に流してやろう」

「ありがとうございます。両方さん、匂坂の携帯のナンバーはご存じですよね？」

「知ってるが、ナンバーは電話簿を見ないと……」

両方が腰を上げ、ドアのそばにある電話台に歩み寄った。すぐに電話簿を繰(く)りはじめた。

百面鬼は懐から、私用の携帯電話を取り出した。

両方が電話番号を告げる。百面鬼は電話をかけてみた。だが、すでにそのナンバーは使われていなかった。

「匂坂は携帯を替えてますね」

「どうして彼は、新しい電話番号をわたしに教えてくれなかったのだろうか」

「おそらく捜査の手が伸びるのを警戒したんでしょう。匂坂は従弟の鍋島と赤坂プリンセスホテルに身を潜めてたんですが、急にきょうチェックアウトしました。匂坂が潜伏しそうな所に心当たりは？」

「彼は志賀大膳の別荘をちょくちょく使わせてもらってたから、もしかしたら、那須高原にいるのかもしれないね。しかし、別荘のある場所は正確には知らないんだ」

「所在地はわかっています。そこ以外に考えられる所は？」

「匂坂君は金沢の出身なんだが、何か悪いことをしてるんだったら、実家に潜伏する気にはならないだろう。真っ先に警察は調べに行くだろうからな」

「でしょうね。親しくしている女は？」

「女性関係については知らない。匂坂君は、そういうことはオープンにしないタイプなんだよ」

「そうですか。『未来塾』の仲間とは銀座の『シャンティ』によく飲みに行ってたようだが……」

「塾の仲間とは飲み歩いてたが、彼は誰とも個人的な深いつき合いはしてないようだったね。だから、仲間の家に隠れてるとは思えないな。ましてや鍋島とかいう従弟が一緒なら、居候させてくれとは頼みにくいんじゃないのかね。志賀大膳の別荘か、ウィークリーマンションにでもいるのではないだろうか」

「もし匂坂から両方さんに連絡があったら、居所を教えてもらってください」

「わかった。それから、彼が何をしたのかも探ってみよう」

両方が言った。

「それはやめてください。匂坂は勘が鋭いようだから、何かを察するでしょう。居所だけを上手に探り出してください」

「しかし、塾生が反社会的なことをしているのだったら、わたしにも責任の一端はあることなんでね」

「匂坂は両方さんには、どうせ本当のことは言わないでしょう。変に探りを入れたら、奴は恩師のあなたも殺す気になるかもしれませんよ」

「いくらなんでも、そんなことはしないだろう」

「匂坂自身はともかく、奴を背後で操ってる黒幕があなたを消せと命じるんじゃないかな」

「彼の背後には、いったい誰がいると言うんだね？」

「まだ首謀者が見えてこないんですよ。てっきり両方さんがビッグボスだと思ってたんですが……」

「それは外れだ」

「匂坂には元自衛官や傭兵(ようへい)崩れの知人がいます？」

「そういう知り合いがいるという話は一度も聞いたことないな」

「それじゃ、爆破事件の実行犯グループは首謀者が集めたんでしょう」

「そうなんだろうか」

「くどいようですが、匂坂の居所だけを探ってくださいね」

百面鬼は自分の携帯電話の番号を手帳にメモし、その頁(ページ)を千切って両方に手渡した。

「塾生を警察に売るような真似はしたくないが、これまでの爆破事件に匂坂君が関与してるなら、やむを得ないな」

両方が長嘆息(ちょうたんそく)した。

それから間もなく、百面鬼は辞去した。匂坂と鍋島が都内のホテルかウィークリーマンションにいる可能性はありそうだ。しかし、おおかた二人は偽名を使っているだろう。となると、見つけ出すのは難しい。無駄骨を折ることになるかもしれないが、那須高原に行ってみるほかなさそうだ。

百面鬼は覆面パトカーに向かって歩きだした。そのとき、前方の暗がりで人影が動いた。

「誰なんでえ？　出てこいや」

百面鬼は大声を張り上げた。

と、暗がりから丸刈りの男が飛び出してきた。神崎だった。百面鬼はすぐ地を蹴った。

神崎が逆方向に逃げはじめた。百面鬼は猛然と追った。

次第に距離が縮まる。百面鬼は全速力で駆け、神崎の背に飛び蹴りを見舞った。神崎が両腕で宙を掻きながら、前のめりに倒れた。

百面鬼は着地すると、神崎の脇腹を蹴り込んだ。神崎が唸って、体を丸める。

「こいつで、おれの動きをマークしてやがったんだな」

百面鬼は上着の胸ポケットから、マイクロチップ型ＧＰＳを抓み出した。亜由が解放されたときに処分するつもりだったのだが、つい捨て忘れていたのだ。

捨てなくてよかった。百面鬼は神崎の側頭部に片方の靴を載せ、軽く押さえつけた。

神崎が手で百面鬼の足を払おうとした。

百面鬼は靴で神崎の頭を強く踏みつけた。

「匂坂と鍋島は、どこに隠れてやがるんだっ」

「靴をどかしてくれ」

「そうはいかねえ。早く答えな！」

「ううーっ」

神崎は呻くだけで、答えようとしない。

百面鬼は路面に接している足を浮かせた。必然的に全体重が神崎の頭に載せている足に掛かった。神崎が獣じみた唸り声を発して、一段と手脚を縮める。

百面鬼は懐からシグ・ザウエルP230ＪＰを引き抜き、屈み込んだ。撃鉄を起こし、銃口を神崎のこめかみに押し当てる。

「匂坂と鍋島の隠れ家を吐かなかったら、てめえを撃ち殺す。おれはペーター・シュミットと森内大臣をシュートしてる。ただの威しと思ったら、大間違いだぜ。てめえには一度騙されてるから、容赦しねえ」

「ほ、本気かよ!?」

「試してみるか。え？」

「やめろ、撃たねえでくれ。匂坂さんたちは那須高原にいるよ」

「志賀大膳の別荘だなっ」

「そ、そうだ」

「別荘に小倉亜由と松丸もいるのか？」

「ああ」

「匂坂を操ってる奴は誰なんでえ！　千代田太郎のことだ」

「おれは匂坂さんに頼まれたことをやっただけで、バックにいる人間のことまで知らねえんだ。ほんとだって」

「念仏を唱えな」

「嘘じゃねえよ。信じてくれーっ」

神崎が訴え、奇妙な声を洩らした。股間から小便の臭いが立ち昇ってきた。恐怖に耐えきれなくなって、尿失禁してしまったのだろう。

「ガキじゃあるまいし、お漏らしとはみっともねえな。もう一度訊くぜ。弱者狩りをやらせてるのは誰なんだっ」

「おれは知らないいんだ。頼むから、もう勘弁してくれよ」

「本当に知らねえんだなっ」

百面鬼は念を押した。

神崎が震えながら、無言で大きくうなずいた。百面鬼は足で神崎を仰向けにすると、顎の関節を外した。神崎が涎を垂らしながら、転げ回りはじめた。

百面鬼は撃鉄を静かに戻し、銃把(グリップ)で神崎の両膝を打ち砕いた。神崎が路上をのたうち回りはじめた。

「あばよ」

百面鬼は言い捨て、クラウンに駆け寄った。車を発進させ、右翼の論客の別荘に向かう。

那須高原に着いたのは、およそ二時間後だった。

志賀大膳の別荘は、那須湯本温泉街から数キロ離れた場所にあった。山荘の窓は暗かった。匂坂たちがもう眠りについたとは思えない。神崎が通行人に救いを求め、顎の関節を元通りにしてもらって、匂坂に電話をかけたのか。

敵は照明を落として、自分を迎え撃つ気なのではないか。さもなければ、亜由と松丸を連れて別のアジトに移ったにちがいない。百面鬼は覆面パトカーを別荘の少し先に停めた。静かに車を降り、目的の山荘に近づく。

百面鬼は銃把(グリップ)に右手を掛けながら、アルペンロッジ風の建物に忍び寄った。ポーチの横に巨木が植わっている。樫(かし)の大木だった。

横に張り出した太い枝から、ロープが垂れている。その下には、人間が吊(つ)るされていた。男だった。首が前に傾き、顔はよく見えない。

百面鬼は巨木の根方まで走り、縛り首にされた男の顔を仰ぎ見た。

次の瞬間、全身が凍りついた。吊るされていたのは、なんと松丸だった。

「松ーっ」

百面鬼はジャンプして、ロープを両手で摑んだ。体重で枝が折れた。急いで松丸を地べたに寝かせ、首に巻きついたロープをほどく。

「死ぬんじゃねえ。おい、何か答えろ！」

百面鬼は呼びかけながら、松丸の右手首を手に取った。

脈動は熄んでいた。体温も感じられない。

「くそったれども！　てめえらを皆殺しにしてやる」

百面鬼はポーチの階段を駆け上がって、ハンドガンで玄関のドアの錠を撃ち抜いた。

玄関ホールの電灯を点け、敵の出方を待つ。だが、誰も撃ってこない。

百面鬼は階下の各室を確かめた。無人だった。二階に駆け上がり、全室を覗く。やはり、誰もいなかった。

匂坂たち二人は亜由だけを連れて、どこかに逃げたようだ。

百面鬼はロッジから走り出て、変わり果てた松丸の半身を抱き起こした。

チノクロスパンツから便臭が漂ってきた。絞首時に脱糞したのだろう。かまわず百面鬼は、松丸を強く抱き締めた。

松丸は白目を晒し、舌を長く垂らしている。いかにも苦しげな死顔だった。

「松、すまねえ。おまえをこんな目に遭わせたのは、このおれだ。おれが弔ってやるから、成仏してくれ」

百面鬼は大声で詫び、男泣きに泣きはじめた。

2

本堂が静まり返った。

百面鬼の実家の寺だ。これから、松丸の略式の初七日の法要がはじまる。

故人の遺骨は本尊の前に置いてある。きょうの正午前に告別式があり、少し前に法要の準備が整ったのだ。

浅葱色の袈裟をまとった百面鬼は居住まいを正し、経を読み上げはじめた。トレードマークの薄茶のサングラスはかけていなかった。

松丸の無念を思うと、胸が潰れそうだ。悲しくて遣り切れない。自責の念も強かった。

百面鬼は骨箱を見つめながら、声明を高めはじめた。

ささおとといの夜、彼は一一〇番通報して現場検証に立ち会った。当然、死体の第一発見者である百面鬼は栃木県警機動捜査隊と所轄署の刑事たちに事情聴取された。百面鬼は近くにある知人の別荘を訪ねて、散歩中にたまたま現場で死体を発見したと言い繕った。ベテラン刑事のひとりが百面鬼の供述の矛盾点を衝きかけたが、途中でやめた。同じ警察官が不祥事を起こしたことが公になったら、マスコミや世間の非難を浴びるのは避けられない。ベテラン刑事は、警察全体のイメージが汚れることを恐れたのだろう。

翌日の正午過ぎに遺体は司法解剖された。死因は絞殺による窒息だった。故人の遺族は、近所のセレモニーホールに葬儀の一切を委ねる気だったらしい。

百面鬼は松丸の両親に自分に弔わせてほしいと頼み込んだ。そして亡骸を実家の寺に搬送させ、その夜は仮通夜を営んだ。

訃報を知った見城と唐津が駆けつけた。二人は松丸の死を深く悼んだ。百面鬼は見城には事の経過を正直に話した。

見城は故人から、百面鬼が厄介な問題を抱えていることを聞かされていたらしい。しかし、死んだ帆足里沙のことで一杯で、百面鬼に手を貸す余裕がなかったという。そのことが松丸を死なせた遠因になったと、見城は自分を責めた。

百面鬼は責任は自分にあると主張したが、見城は考えを変えなかった。その俠気は清々しいほどだった。

きのうの通夜には、松丸の友人や久乃も顔を出した。きょうの告別式の会葬者は百人近かった。誰もが松丸の早過ぎる死を惜しんでいた。

百面鬼は、読経の切れ目に焼香を促した。

最初に遺族が香炉の前に立ち、友人や知人がつづいた。見城、唐津、久乃の三人は経が終わりに近づいたころ、香を手向けた。

供養が済むと、百面鬼は列席者たちを奥座敷に導いた。そこには、精進落としの料理と酒が用意してあった。百面鬼は自分の部屋で僧衣を脱ぎ、洋服に着替えた。朗々と経を唱えたせいか、喉が渇いていた。

百面鬼は庫裡に向かった。年老いた母が燗の準備をしていた。父は自分の部屋で臥っている。一週間ほど前に風邪をひき、肺炎になりかけたのだ。まだ微熱があった。

「おふくろ、後はおれがやる。親父に葛湯でも運んでやれよ」

百面鬼は母親に言い、水道の水をコップで二杯飲んだ。

葉煙草に火を点けようとしたとき、本堂の横の玄関で来訪者の声がした。若い女性の声だった。

「おれが出よう」

百面鬼は母に言って、玄関に回った。

三和土(たたき)には、黒いフォーマルスーツ姿の女が立っていた。二十五、六歳だろうか。黒(くろ)縁(ぶち)の眼鏡(めがね)をかけている。

「どなたかな?」

「伊集院七海(いじゅういんななみ)と申します。亡くなった松丸さんの知り合いなんです」

「松、いや、松丸君の彼女?」

「いいえ、そういう仲ではありません。わたし、最初は松丸さんの仕事の客だったんですよ」

「客というと、盗聴器の探知をしてもらったわけか」

「ええ、そうです。元彼がわたしにつきまとって、ストーカーめいた行動をしてたんですよ。わたしの帰宅時間などを知ってたんで、マンションの部屋に盗聴器が仕掛けられてるのではないかと思い、ハローページを見て松丸さんにお電話をしたわけです。もう一年ぐらい前の話です」

「それで、松丸君がきみの部屋に仕掛けられてた盗聴器を見つけ出してくれたのか?」

「はい、そうです。室内型盗聴器がCDミニコンポの裏に仕掛けられてたんですけど、わたしはまったく気づきませんでした。そのことで恐怖は覚えましたけど、盗聴そのものにも興味が湧いたんです。それで、松丸さんから盗聴テクニックを教えてもらったんですよ。そういう意味では、弟子みたいなものでしょうか」

「松丸君にも関心があったんだろう？」

「いい方だったけど、恋愛感情は持っていませんでした。だけど、いろいろお世話になったので、お焼香させてもらおうと思いまして……」

「ぜひ、そうしてやってよ」

百面鬼は七海を本堂に案内した。

七海が焼香し、長々と合掌した。そのうち彼女は嗚咽を洩らしはじめた。七海は黒縁眼鏡を外し、ハンカチで目頭を押さえた。

その横顔を見たとき、危うく百面鬼は声をあげそうになった。死んだ帆足里沙によく似ている。見る角度によっては瓜二つだ。黒縁眼鏡のせいで地味な印象を与えたが、七海は飛び切りの美人だった。造作の一つひとつが整い、色香も漂わせている。

これは何かの巡り合わせにちがいない。伊集院七海をぜひ見城に引き合わせるべきだろう。百面鬼はそう考えながら、七海が泣き熄むのを待った。

二分ほど待つと、彼女の涙は止まった。すぐに黒縁眼鏡をかけようとした。

「眼鏡、かけねえでくれないか」

百面鬼は頼んだ。

「どうしてですか？　わたし、近眼なんです。裸眼では放送台本も読めないの」

「そっちは声優さんなの？」

「いいえ。国立にあるケーブルテレビ局のアナウンサー兼パーソナリティーです。あなたは百面鬼さんですよね？」

「おれのこと、松、いや、松丸君から聞いたんだな？」

「ええ、そうです。見城豪さんのことも松丸さんから聞いています」

「それじゃ、見城ちゃんに会わせよう。彼、奥座敷で供養の弔い酒を飲んでるんだ。去年の秋に見城ちゃんの恋人が死んだんだが、その彼女とそっちはそっくりなんだよ。ほんとによく似てる。そっちを見たら、見城ちゃん、きっと腰を抜かすな」

「その女性は帆足里沙さんというお名前なんでしょう？」

七海が確かめた。

「松の奴、そこまで話してたのか」

「ええ。松丸さん、その里沙さんが憧れの女性だったみたいですよ。だから、見城さんが羨ましかったみたい。だけど、彼は妬いてはいませんでした。理想のベストカップルだと言っていました」

「それは、その通りだったな。似合いのカップルだったよ。それだけに見城ちゃんの塞ぎ込み方がひどくってさ、まるで腑抜けみたいになっちまった。でも、そっちを見たら、いっぺんに元気になりそうだな。だから、会ってやってくれないか」

「里沙さんはチャーミングな女性だったんだと思います。ですけど、わたしはわたしです。里沙さんの幻影と重ねられるのは迷惑ですね」

「そう堅いこと言わねえで、人助けだと思って見城ちゃんと会ってくれないか。別に里沙ちゃんのスペアになってくれって頼んでるわけじゃないんだ」

「そういうことなら、見城さんにご挨拶だけさせてもらいます。だけど、眼鏡はかけさせてください。裸眼だと、歩行も覚束ないんです。だけど、コンタクトレンズは使いたくないんですよ」

「おれが奥座敷まで連れてってやろう」

百面鬼は七海の手を引き、大股で歩きだした。歩幅がだいぶ違う。七海は急ぎ足になった。

ほどなく別室に着いた。

百面鬼は七海を廊下に待たせると、奥座敷の襖を半分ほど開けた。見城は沈んだ顔で、かたわらの唐津と何か話し込んでいた。

「見城ちゃん、ちょっと来てくれ」

百面鬼は相棒を手招きした。

見城がうなずき、おもむろに立ち上がる。百面鬼は七海の横に並んだ。

待つほどもなく見城が奥座敷から出てきた。彼は七海の顔を見ると、切れ長の目を瞠った。

「松の知り合いの伊集院七海さんだよ」

百面鬼は見城に言った。七海が名乗って、一礼する。百面鬼は故人と七海の関係を手短に説明し、彼女の職業も見城に教えた。

「失礼だが、きみの従姉妹に帆足里沙という女性は？」

「いません」

七海が無愛想に見城に答え、黒縁眼鏡をかけた。見城は七海の顔をしげしげと見ているだけで、何も言葉は発しなかった。

「わたしの顔に何かゴミでもついてます？」

「いや、そうじゃないんだ。去年の秋に死んだ里沙という女性にそっくりだったんで、びっくりしたんだよ」

「里沙さんが美人だったという話は、松丸さんから聞いています。その方に似ていると言われるのは光栄ですけど、わたしは伊集院七海です。亡くなられた恋人の代用品になんかなりたくありません」

「そんなつもりで言ったんじゃないんだ」

「愛しい女性を亡くしたショックは大きいでしょうが、死者は蘇りません。早く立ち直って、元気になってください。里沙さんも、それを望んでいるのではありませんか」

「きみはドライなんだね。それとも、とことん男に惚れたことがないのかな」

「初対面の相手にそういうことを言うのは、少し失礼だと思います」

「コンタクトレンズに替えたほうがいいな。そのほうが、きみの美しさは際立つ」

「イケメンだからって、上から目線は失礼だわ。わたし、女馴れしてる男性はあまり好きじゃないの。これで失礼します！」

七海は硬質な声で言うと、踵を返した。

見城が肩を竦める。百面鬼は七海を呼びとめたが、彼女は足を止めなかった。

「いい女だが、ちょっと気が強過ぎる」

見城が独りごちた。

「けど、Aランクの女じゃねえか。見城ちゃん、彼女をなんとかしちまえよ」

「ああいうタイプの女は追いかければ、図に乗るもんだ」

「冷たくあしらってりゃ、そのうち先方が仔猫みてえに擦り寄ってくるってか。そっちは女たらしだから、その通りなのかもしれねえな」

「百さん、そんなことより麻布署にいる知り合いの刑事に昨夜、会ったんだよ。留置中の『大東亜若獅子会』の黒岩広樹は男色趣味があるようで、新宿二丁目の『ルージュ』ってゲイバーの常連客だったらしいんだ」

「それじゃ、匂坂にも同じ趣味があるんじゃねえのか?」

「いや、同性に興味があるのは鍋島和人のほうみたいだな。鍋島も『ルージュ』に出入りしてるって話だったよ」

「そいつは何かの間違いじゃねえのか。鍋島は、敵に人質に取られた小倉亜由と交際してたんだぜ」

百面鬼は言った。

「その裏付けは取ったわけじゃないんだよね?」

「うん、まあ。けど、亜由がそう言ってたんだ。それに彼女のアルバムには、鍋島のスナップ写真が貼られてた。それが、つき合ってる証拠だろうが」

「そう思い込むのは、早計じゃないのかな」

「どうして？」

「松ちゃんや百さんから聞いた話を整理すると、小倉亜由が一度解放されたことがどうも腑(ふ)に落ちないんだよ」

見城の顔つきには、猟犬を想わせる鋭さがあった。コンビで裏ビジネスに励んでいたころの精悍(せいかん)さも感じ取れた。見城は、松丸を縛り首にした敵に何らかの報復をする気になったのだろうか。

「それは、おれがペーター・シュミットと森内経済産業大臣を狙撃したから、亜由を解き放つ気になったんだろう」

「百さん、冷静になって考えてみてよ。森内の政策を全面的に支援してたのは、菅野総理だぜ。森内大臣が死んでも、菅野は経済政策を変えるわけがない」

「ま、そうだろうな」

「千代田太郎は最初っから、百さんに菅野総理を暗殺させる気でいたんじゃないだろうか」

「だとしたら、敵はなぜ最初の標的に菅野を選ばなかったんだ？」

「そうしてたら、犯行目的が現政権潰(つぶ)しだということが見え見えになる。だから、敵はわざわざ先にペーター・シュミットを殺(や)らせ、特養ホームや公共職業安定所(ハローワーク)を爆破させたんだろう。いったん人質を解放したのは、百さんの動きを探らせたかったからだろうね。百さんが強いられた暗殺に後ろめたさを感じてたら、亜由に色気で迫らせ、次の狙撃を引き受けさせるように仕向ける。現に亜由は、ふたたび敵の人質になった」

「亜由は敵の回し者で、拉致騒ぎは狂言だったんじゃないかと言いたいわけ？」

百面鬼は確かめた。

「その疑いは濃いと思うな」

「亜由がおれを罠に嵌めたなんて考えたくねえな。彼女のおかげで、おれはノーマルなセックスができるようになったんだ。女神だったんだよ」

「人質に惚れはじめてるんだろうが、百さん、松ちゃんの無念を考えてみなって」

「そう言われると、弱えな」

「小倉亜由に何か不審の念を懐いたことがまったくないとは思えないな。百さん、何か怪しいと思った点があるんじゃないの？」

見城が畳みかけてきた。

百面鬼は少し考えてから、獣姦の犠牲になったはずの亜由の体に引っ掻き傷が一つもなかったことを話した。さらに、彼女が自分のために菅野首相を暗殺してくれと切々と訴えた事実も明かした。

「百さん、亜由が敵の一味であることは間違いないだろう。それから残酷な話だが、亜由は千代田太郎の愛人か恋人と考えられるな」

「そうなら、あの女、赦せねえ。おれが罠に嵌まっちまったんで、松を死なせることになったんだから」

「その話はともかく、案外、小倉亜由は自分のマンションから毎日、勤め先に出てるのかもしれないぞ。百さんの代わりに、おれがちょっと調べてみよう」

「いいって。おれが自分で調べらあ。てめえできっちり決着をつけるよ」

「そう。何かあったら、いつでも声をかけてくれないか。そのときは体を張って、百さんを助けるよ」

見城が口を結んだ。

そのすぐ後、奥座敷から毎朝日報の唐津が出てきた。百面鬼は見城に目顔で、何も言うなと告げた。

「二人で、なんの密談をしてるんだ？　見城君、また誰かのスキャンダルを嗅ぎつけたんじゃないのか」

「違いますよ。百さんに小旅行でもしないかって誘われてたんです。唐津さんからも同じ誘いを受けてたけど、ちょっと時期がまずいでしょ？　松ちゃんがこんなことになっちゃったから」

「そうだな。もう少し先になったら、三人で温泉にでも行こう。それはそうと、松丸君はなぜ右翼の論客の別荘で縛り首にされたのかね」

「さあ？」

見城が首を傾げた。すると、唐津が百面鬼に眼差しを向けてきた。

「死体の第一発見者が何も知らないわけがない。新宿署の悪党刑事がどうして那須高原にいたのか」

「それは、きのうの通夜のときに言ったはずだぜ。事件現場近くにある知り合いの別荘に遊びに行って、たまたま散歩中に縛り首にされてた松を見つけたってさ」

「その話は忘れちゃいないよ。しかし、話があまりにも出来すぎてるじゃないか。しかも、犯行現場は志賀大膳の別荘だったんだ。おたくが松丸君を使って、何かを調べさせてたと考えても不思議じゃないだろう？」

「唐津の旦那は裏を読み過ぎだよ」

「そうだろうか。おれは、おたくが特養ホームや公共職業安定所爆破事件を単独捜査してると睨んでるんだが、見当外れかな？」

「見当外れもいいとこだよ」

　百面鬼は努めて平静に答え、見城に目配せした。見城がもっともらしい理由をつけて、唐津を精進料理の並んだ奥座敷に押し入れた。彼もつづき、後ろ手に襖を閉めた。

　百面鬼は本堂に移り、私用の携帯電話で西麻布にある外資系投資顧問会社『W&Kカンパニー』のホームページにアクセスして代表電話番号を調べた。

　亜由の勤め先に電話をかける。受話器を取ったのは、亜由の直属の上司だった。四十代と思われる男性だ。

「警察の者だが、小倉さんは出社してるかな?」

「いいえ、十日ほど前から有給休暇を取っています。スペインとポルトガルをのんびり観光しているはずです。小倉が何かご迷惑をかけることでもしたのでしょうか?」

「そうじゃないんだ。彼女の知り合いの男がある事件に関与してる疑いがあるんだよ。職場に彼女と親しい同僚の女性がいたら、電話、替わってほしいんだが……」

「ひとりいます。葉山(はやま)という者です。少々、お待ちください」

　相手の声が途切れ、ビバルディの名曲が流れてきた。数十秒待つと、葉山という女性が電話口に出た。

「新宿署の者ですが、小倉亜由が鍋島和人という男と交際していることは知ってます?」

「鍋島さんですか？　そういう名は、小倉さんから聞いたことはありません。彼女、相手の男性の名は教えてくれませんでしたけど、妻帯者とつき合っていると洩らしたことがあるの」

「そう。その不倫相手はサラリーマンなのかな」

「何かの研究をなさってる男性みたいですよ」

「シンクタンクの元研究員という言い方はしてなかった？」

百面鬼は匂坂のことを頭に思い浮かべながら、相手に問いかけた。

「いいえ。現役の研究者みたいですよ。その方の息子さんが大学生だという話だったから、四十代の後半ぐらいですかね」

「ほかにわかってることは？」

「ありません」

葉山という女性が即座に答えた。

百面鬼は礼を言って、通話を切り上げた。亜由の恋愛相手は鍋島でも匂坂でもなかった。千代田太郎が亜由の不倫相手と思われる。しかし、まだ正体が透けてこない。

松丸の遺族や見城がいる部屋に足を向けたとき、例の脅迫者から電話がかかってきた。

「明日の夜、菅野総理を始末してくれ。菅野は午後七時に非公式にアメリカ合衆国大使館を訪問する。総理官邸にいる仲間からの情報だから、間違いはない。菅野を仕留め損なったら、人質は殺す」

「てめえの愛人を殺すってのか？」

「お、おい、何を言ってるんだ⁉　小倉亜由は、鍋島和人の彼女じゃないか」

「鍋島は同性愛者だ。亜由とつき合うとは考えられない。てめえは愛人の亜由にひと芝居うたせたな。拉致騒ぎは狂言だったんだろうが！」

「頭がおかしくなったらしいな」

「亜由を電話口に出せ！」

百面鬼は言った。

数秒の間があり、電話の向こうから亜由の悲鳴が聞こえた。千代田太郎に指示され、また下手な芝居を演じているのだろう。

「百面鬼さん、救けて！　あなたが菅野を暗殺してくれないと、わたしは殺されてしまうのよ」

「猿芝居はよせ。もう騙されねえぞ」

「わたしの言葉を信じてちょうだい」

「いいから、不倫相手に替われ」

百面鬼は言い放って、口を閉じた。電話の向こうから、狼狽(ろうばい)の気配がありありと伝わってきた。

「わたしだ。おたくは何か勘違いしてるようだな」

千代田太郎の声は上擦(うわず)っていた。

「おい、よく聞きやがれ。菅野は射殺してやらあ。ただし、殺しの報酬は一億円だ。それに松丸の香典として、もう一億上乗せしてもらう。明日の午後五時までに半金の一億円を新宿駅のコインロッカーに入れて、鍵をおれの職場の受付に預けさせろ」

「そういう条件は吞(の)めない」

「なら、てめえがどこの研究所の人間か洗い出して、手錠(ワッパ)打つだけだ。もちろん、亜由も一緒に逮捕(パク)る。黙秘権を使ったら、亜由を痛めつけるぞ。さあ、どうする？」

「わかった。そちらの条件を全面的に受け入れよう」

「よし、話は決まりだ」

百面鬼は一方的に電話を切った。

3

午後五時を回った。

百面鬼は刑事課フロアを出て、階下に降りた。受付にコインロッカーの鍵が届けられているはずだ。相棒の見城が新宿署の玄関前でそれを確認し、さきほど電話で知らせてくれたのである。目下(もっか)、彼は鍵を届けに来た若い男を尾行中だ。

使いの若い男がどこかで千代田太郎と接触してくれることを祈りたい。

百面鬼は受付カウンターに急いだ。カウンターには、顔馴染みの女性警察官がいた。もう三十二、三歳だが、未婚だった。

「肌が荒れてるな。昨夜(ゆうべ)は年下の男と乱れに乱れたのか？」

「またセクハラね」

相手がうんざりした顔で言った。

「そっちは真面目すぎるんだよ。だから、男が寄りつかねえんだ。なんだったら、おれがデートしてやってもいいぜ」

「結構です。届け物を取りに来たんでしょ？」

「そう」

百面鬼はごっつい手を差し出した。相手が黙って白い角封筒を掌（てのひら）に載せる。

「中身は鍵みたいですね」

「当たり（ビンゴ）！　新しい彼女がマンションの合鍵を届けてくれたんだ」

「そうなんですか。百面鬼さんを選ぶなんて、相当、趣味が悪い女性ね」

「言ってくれるな」

百面鬼は肩を竦め、カウンターから離れた。署の駐車場に回って、自分専用の覆面パトカーに乗り込む。

百面鬼はイグニッションキーを捻（ひね）ってから、角封筒の封を切った。コインロッカーの鍵のほかにメモが同封されていた。パソコン文字で、一億円は新宿駅東口のコインロッカーに入っていると記されていた。

百面鬼はクラウンを発進させた。

わずか数分で、新宿駅東口に着いた。覆面パトカーを駐車禁止ゾーンに停め、葉煙草（シガリロ）に火を点けた。一服しながら、周りをうかがう。

気になる人影は見当たらなかった。

百面鬼はくわえ煙草で車を降り、新宿駅構内に入った。コインロッカーは、キオスクの前にある。

百面鬼はロッカーを開けた。黒いビニールの手提げ袋が収まっている。それを引きずり出し、すぐに中を覗く。ゴムバンドで括られた一千万円の札束が五つずつ二列に重ねられている。

百面鬼はビニールの手提げ袋を手に持った。一万円札で一億円だと、およそ十キロの重さになる。手提げ袋の把手の紐が掌に喰い込んだ。

百面鬼はゆっくりと車に戻った。トランクルームに札束の詰まった手提げ袋を投げ入れ、運転席に坐る。

その直後、千代田太郎から電話がかかってきた。

「半金は受け取ったな。偽札じゃないから、安心してくれ」

「すんなり一億出したのは、『エンゼル食品』から香港銀行の『未来塾』の口座に十五億振り込まれたからだな。シラクの野郎、おれの命令を無視しやがって」

「シラクって、誰なんだ？」

「空とぼける気か。ま、いいさ」

「菅野総理は予定通り、午後七時にアメリカ合衆国大使館を訪ねる。うまくやってくれ。菅野を片づけたら、残りの金はくれてやる。そのとき、人質を返してやるよ」

「もう狂言はやめろ！」

百面鬼は電話を切り、覆面パトカーを走らせはじめた。

赤坂一丁目に向かう。二十数分で、アメリカ合衆国大使館に着いた。警戒が物々しい。

大使館前を素通りして、クラウンを裏通りに駐める。百面鬼は車を降り、大使館のある通りまで歩いた。大使館の前にはオフィスビルが並んでいるが、狙撃できそうな屋上や非常階段はない。

どうするか。

百面鬼は通りを見渡した。すると、大使館から数十メートル離れた路上に二人の制服警官の姿があった。二人はマンホールの蓋を開け、電話ケーブルを覗き込んでいた。爆発物が仕掛けられていないか検べているのだろう。

下水道をたどって、大使館に接近するほかなさそうだ。

百面鬼は大使館の前の道を往復した。アメリカ合衆国大使館の東側に下水道のマンホールがあった。大使館から四、五十メートルしか離れていない。

しかし、そのマンホールの蓋を堂々と開けるわけにはいかない。百面鬼は路面を見ながら、さらに東側に歩いた。二百メートルほど行くと、下水道のマンホールが見つかった。

このマンホールから潜り込んで、大使館の近くのマンホールから菅野をシュートする気になった。車高のある車をどこかで調達することにした。

百面鬼は道を折れ、やみくもに歩いた。五、六分歩くと、車高を上げた四輪駆動車のレンジローバーが目に留まった。

エンジンはかかったままだが、ドライバーの姿は見当たらない。近くに何か用があって、すぐ車に戻るつもりなのだろう。

百面鬼は急ぎ足でレンジローバーに近づき、素早く運転席に乗り込んだ。急発進させ、最初の四つ角を左折した。大きく迂回し、覆面パトカーを駐めてある裏通りに入る。百面鬼はレンジローバーをクラウンの真後ろに停止させ、ごく自然に車を降りた。

覆面パトカーのトランクルームから黒いキャリーケースと大型懐中電灯を取り出し、レンジローバーの後部座席に投げ込む。百面鬼は四輪駆動車を走らせ、目をつけたマンホールのある場所に急いだ。

マンホールの真上にレンジローバーを停める。すでに夕闇が濃い。

百面鬼は人通りが絶えた瞬間を狙って、素早く車を降りた。キャリーケースと大型懐中電灯を手にすると、すぐ車体の下に潜り込んだ。

百面鬼は両肘を使って、マンホールに近づいた。鉄の蓋には、へこんだ箇所があった。

そこに手を入れ、持ち上げる。蓋がわずかに浮いただけだった。

百面鬼は渾身の力を込めて、ふたたび蓋を持ち上げた。

今度は十数センチ浮いた。両手を蓋の下に差し入れ、横にずらす。蓋は路面の上に少しだけ乗った。百面鬼は体をターンさせ、両足を使ってマンホールの蓋を思い切り押した。マンホールの穴が剝き出しになった。

先に百面鬼はマンホールの中に入り、キャリーケースと懐中電灯を引き寄せた。それから肩口に蓋を乗せ、元の位置に戻す。いつしか百面鬼は汗ばんでいた。

鉄の梯子段を下り、下水路の横に立った。悪臭が鼻を衝く。咳込みそうになった。

百面鬼は息を詰め、懐中電灯を点けた。足許を照らしながら、下水路に沿ってアメリカ合衆国大使館のある方向に進む。

百面鬼は歩きながら、迷いはじめた。このまま一億円を持ち逃げすべきなのではないか。亜由が敵の一味である疑いは、きわめて濃い。それに、菅野総理にはなんの恨みもなかった。

しかし、残りの報酬を手にしたいという思いも強かった。松丸の遺族に一億円前後の〝香典〟を渡したかった。そんな形で、どうしても故人に償いたい。ただ、不安もある。たとえ菅野を射殺しても、半金を貰えるという保証はなかった。

そのときは強引に奪うまでだ。千代田太郎の仮面をひん剝くまでは、意地でも後には引きたくなかった。菅野総理には気の毒だが、シュートするほかない。なんとしてでも、松丸の身内にまとまった金を渡したかった。

百面鬼は意を決した。

迷いをふっ切ったとたん、足が軽くなった。狙撃場所に選んだマンホールの下に達すると、百面鬼は急いでスナイパー・ライフルを組み立てた。暗視スコープを取り付け、弾倉にライフル弾を二発込める。

百面鬼は下水路脇のコンクリートの上に坐り込み、時間を遣り過ごした。立ち上がったのは六時五十分だった。

百面鬼は梯子段を上がり、肩口でマンホールの蓋を浮かせた。

隙間からアメリカ合衆国大使館を見る。大使館付きの白人武官らしい大男が門のそばにたたずんでいた。道路の反対側には、日本の制服警官たちが三人いる。

百面鬼はマンホールの蓋を閉めた。

梯子段に両足を掛けたまま、時間を稼ぐ。七時一分前に、またマンホールの蓋を肩で押し上げた。ちょうどそのとき、大使館前に国産高級乗用車が達した。黒塗りのセンチュリーだ。

百面鬼は蓋を大きく浮かせ、スナイパー・ライフルの銃身を外に出した。

暗視スコープに目を当てる。菅野総理はセンチュリーの後部座席の左側に坐っていた。その向こうにいる男はSPだろう。

センチュリーが車首の向きを変えた。

車が真横になった瞬間、百面鬼は一気に引き金を絞った。放ったライフル弾はセンチュリーの後部座席のリア・ウインドーを貫き、菅野の側頭部に命中した。すぐに菅野はかたわらの男に凭れかかるように倒れた。

百面鬼は銃身を引っ込め、蓋を手早く閉ざした。梯子段を下り、狙撃銃を分解する。暗視スコープも外した。

キャリーケースを小脇に抱え、侵入口のマンホールに引き返しはじめる。目的の地点に近づいたとき、頭上で物音がした。マンホールの蓋を開ける音だった。

まずいことになった。どうすべきか。頭を回転させる。

百面鬼は侵入口の下を抜き足で歩き、それから走りだした。五十メートルも走らないうちに、背後で制服警官が大声を張り上げた。

「待てーっ。止まれ、止まるんだ！」

「くそっ」

百面鬼は懐中電灯を消し、そのまま走りつづけた。制服警官が追ってくる。同じ側路をずっと走っていたら、脚を撃たれるかもしれない。百面鬼は下水路を飛び越え、反対側の側路に移った。

と、追っ手も同じ側路に移ってきた。百面鬼はしばらく突っ走ってから、今度は元の側路に戻った。追ってくる警官が同じように下水路を飛び越えようとした。しかし、しくじって汚水の中に落ちた。逃げるチャンスだ。

百面鬼は全力で疾走しはじめた。

次のマンホールは、だいぶ先にあった。そこまで懸命に駆ける。

百面鬼は梯子段を上り、肩口でマンホールの蓋を押し上げた。次の瞬間、肩に衝撃を覚えた。車のタイヤが蓋の上を通過していったのだ。一気に蓋を押し上げていたら、轢き潰されていただろう。

百面鬼は体の向きを変え、またもやマンホールの蓋を少し持ち上げた。車はかなり離れた所を走行中だ。

百面鬼は蓋を勢いよく撥ね上げ、マンホールから抜け出した。

何人かの通行人が驚きの声をあげ、百面鬼に視線を向けてきた。

百面鬼はうつむき加減で路地に走り入った。幾度も路を折れ、覆面パトカーを駐めてある通りに戻った。

百面鬼はクラウンのトランクルームにキャリーケースと懐中電灯を投げ入れ、慌ただしく運転席に乗り込んだ。屋根に赤色灯を載せ、サイレンを響かせはじめる。

百面鬼は裏通りを選びながら、溜池方面に走った。六本木通りの手前で赤色灯を車内に取り込み、西麻布方向に進む。

高樹町ランプの横を通過したとき、携帯電話が着信音を刻みはじめた。ディスプレイには、見城の名が表示されていた。

「コインロッカーの鍵を届けにきた奴は誰と接触したんだ？」

百面鬼は訊いた。

「尾行した若い男は、赤坂西急ホテルのティールームで五十年配の紳士と会った。その紳士は男に金を渡した後、タクシーに乗って六本木七丁目にある『北斗フーズ』附属バイオ食品研究所の前で降りたんだ。そいつは馴れた足取りで研究所の中に入っていったよ。百さん、誰か思い当たる奴は？」

「年恰好から察すると、所長の徳大寺秋彦のようだが……」

「いま、研究所の近くで張り込んでるんだ。さっきの男が出てきたら、また尾行してみるよ」

「おれは、西麻布のあたりを走ってる。すぐそっちに回ろう」

「百さんは来ないほうがいいな。おれが五十絡みの男の正体を突きとめるよ」

「いや、おれもバイオ食品研究所に行かあ。早くそいつの正体を知りてえからな。覆面パトは研究所から見えない場所に駐めて、見城ちゃんとこに行く」

百面鬼は通話を切り上げ、次の交差点を右に曲がった。六本木七丁目は、すぐ近くだった。

百面鬼はバイオ食品研究所の百メートルほど手前でクラウンを路肩に寄せた。車を降り、研究所のある通りまで歩く。

見城のＢＭＷは食品研究所の斜め前に停まっていた。車体はドルフィンカラーで、５シリーズだった。見城は長いことオフブラックのローバー８２７ＳＬｉに乗っていたが、廃車にしてサーブに乗ってからドイツ車を買ったのだ。多分、気分転換したかったのだろう。だが、それほど効果はなかったようだ。

見城が百面鬼に気づき、ＢＭＷの助手席のドア・ロックを解いた。

百面鬼はドイツ車の助手席に坐って、ドアを閉めた。

「さっきの五十男が千代田太郎だとしたら、奴が鍋島という男に例の開発データを持ち出させたことになるな。つまり、最初っから仕組まれてたことになるわけだ」

見城が言った。

「おそらく、そうだったんだろう。それから、小倉亜由は不倫相手に命じられるままに鍋島の恋人になりすまして、第三者のおれにわざと接近してきたにちがいねえ」

「百さんに鍋島の行方を追わせることによって、自分と首謀者である不倫相手は疑惑の圏外に身を置きたかったってことか」

「それは間違いねえよ。千代田太郎は、鍋島をそのうち消すつもりでいるにちがいねえ」

「百さん、それはどうかな。鍋島や匂坂が千代田太郎の弱者狩りに共鳴してるんだったら、わざわざ始末する必要はないよね」

「そうなんだが、千代田太郎は協力者の鍋島と匂坂を葬る気でいるんじゃねえのか。ただの勘だが、そんな気がしてるんだ」

「そうなのか」

「ひょっとしたら、もう鍋島と匂坂はこの世にいないのかもしれねえな」

百面鬼は口を結んだ。

その直後、バイオ食品研究所から灰色のレクサスが低速で滑り出てきた。ステアリングを握っているのは所長の徳大寺だった。

「百(どう)さん、赤坂西急ホテルのティールームにいたのは、あの男だよ」

「やっぱり、そうか。所長の徳大寺秋彦だよ。見城ちゃん、レクサスを尾(つ)けてくれ」

百面鬼は言って、リクライニングシートをいっぱいに倒した。ほとんど仰向け状態になった。レクサスのミラーには、百面鬼の姿は見えないだろう。

「バイオ食品研究所の所長が一連の事件の黒幕なんだろうか。真の首謀者は別人なんじゃないのかな」

見城が言った。

「おれも、そのことを考えてたんだ。もしかしたら、徳大寺はアンダーボスなのかもしれねえな。奴を動かしてるのは首相経験のある民自党の長老か、最大派閥のリーダーなんじゃないか。あるいは、現内閣を評価してない大物財界人や政商ってこともありうるだろうな」

「そうだね」

「ビッグボスが誰であれ、間もなくわかるだろう」

百面鬼は口を閉じた。

見城が徳大寺の車を数十分追尾(ついび)し、駒場の邸宅街の一角で停止した。

「百さん、レクサスは元検事総長の土岐貞彰(ときさだあき)の邸(やしき)の中に入っていったよ」

「大企業の顧問弁護士を務めてる超大物弁護士か」

百面鬼は上体を起こした。

「そう。おそらく土岐が黒幕なんだろう。検事総長時代から、土岐は総合月刊誌に資本主義社会は弱肉強食の法則で成り立ってるんだから、弱者や怠け者を甘やかすべきじゃないなんて内容の原稿を寄せてた。きっと土岐が弱者狩りのシナリオを練ったにちがいないよ。百さん、どう思う？」

「考えられるな。土岐は七十歳になったはずだが、その過激ぶりは相変わらずだ。けど、徳大寺と土岐にはどんな接点があったんだろう？　法律家と化学者が仕事面で結びついてるとは思えねえ」

「土岐は『北斗フーズ』の顧問弁護士をやってるのかもしれないな。そうなら、お互いに面識を得るチャンスがあるだろう」

「そうだな。二人は『北斗フーズ』の創業祝賀パーティーか何かで知り合って、意気投合したのかもしれねえぞ。そりゃそうと、おれはこれから土岐んとこに乗り込んで、二人にシグ・ザウエルP230JPの銃口を向けて口を割らせる」

「まずいよ、百さん！　相手は元検事総長なんだ。先に徳大寺の口を割らせて、土岐を追いつめるべきじゃないか」

「そうすべきかね。松が生きてりゃ、土岐の家に盗聴器を仕掛けさせるんだがな」

「百さん、それは伊集院七海にやらせよう」

「えっ⁉　見城ちゃん、もうあの娘を口説いたのか？」

「電話でちょっと話しただけだよ。おれ、コンタクトレンズにしろなんて言って、彼女を傷つけてしまった。それだから、国立のケーブルテレビ局の電話番号を調べて謝ったんだよ」

「ただ謝りたかっただけじゃねえんだろ？　死んだ里沙ちゃんによく似てるんで、興味を持ったんじゃないのか」

「それも少しはあるね。電話で喋ったとき、携帯のナンバーを教え合ったんだよ」

見城がにやつきながら、懐から携帯電話を取り出した。電話の遣り取りは短かった。

「三十分前後で、こっちに来るってさ。彼女、高円寺に住んでるんだ」

「七海のほうも見城ちゃんには関心があるみてえだな」

「さあ、どうなのか」

「あるって。だから、無茶な頼みも引き受ける気になったんだろうよ」

「彼女は、松ちゃんの仇を討ちたいだけだと思うがな」

「そういうことにしておくか」

百面鬼は見城の肩を軽く叩いて、ふたたびシートに背を預けた。

七海がオートバイで駆けつけたのは二十五、六分後だった。黒ずくめだ。フルフェイスのヘルメットも黒だった。

眼鏡はかけていない。コンタクトレンズを使用しているのだろう。

見城がＢＭＷから降り、七海に歩み寄った。すでに七海はバイクから降りていた。見城が七海に何か指示を与えた。

七海が大きくうなずき、土岐邸の中に忍び込んだ。おどおどした様子ではなかった。

見城は門柱の陰から邸内を覗き込んでいる。七海が家の者に見つかったら、すぐに逃がす気なのだろう。

七海は五分も経たないうちに、土岐邸から出てきた。見城と短く言葉を交わし、ヤマハの二百五十ccの単車に打ち跨がった。車体は紺とクリーム色のツートーンだった。

七海のバイクが闇に紛れると、見城がＢＭＷに戻ってきた。

「電話保安器にヒューズ型の盗聴器を仕掛けてくれたそうだ。仕掛け方は松ちゃんに教わったらしいよ」

「そうか。見城ちゃんと彼女、恋人同士に見えたぜ」

「彼女が里沙に似てるから、そんなふうに見えたんだろう」

「とにかく、いいムードだったよ」

百面鬼は言って、背凭(もた)れを起こした。数秒後、千代田太郎から電話がかかってきた。

「菅野総理を仕留めてくれて、ありがとう」

「残りの一億円は、いつ貰えるんだ？」

「それは払えない」

「なんだと!?」

「コインロッカーに入れさせた一億円を、そっくり返してもらおう。逆らった場合は、人質を本当に殺す」

「殺しやがれ」

「ずいぶん強気だな。こちらの切札は一枚じゃないんだ。おたくがマンホールに潜る瞬間を仲間がビデオ動画撮影したんだよ。一億円を返さないと言うんだったら、その動画データを警察庁長官に送り届けることになるぞ」

「好きなようにしやがれ。てめえの正体は、もう割れてるんだ」

「はったりを言うな」

「ブラフと思ってやがるのか、おめでたい野郎だ。てめえは徳大寺秋彦だろうが！」

「えっ」

相手が絶句した。

「やっぱり、そうだったか。鍋島と匂坂は、もう始末したのかよ？」

「おたくは、もう終わりだ。動画データを警察に渡す」

「その前に、てめえと元検事総長を殺ってやらあ」

「…………」

「だいぶ驚いたみてえだな。とっさに返事もできなかったぐらいだから」

百面鬼は言った。語尾に電話を切る音が重なった。

4

土岐邸からレクサスが走り出てきた。

午後十時過ぎだ。ステアリングを握っている徳大寺は、見城のＢＭＷには目を向けなかった。

「レクサスを尾けてくれねえか」

百面鬼は見城に言った。見城がＢＭＷを走らせはじめる。

「徳大寺は、これから家に帰るつもりなのかな。それとも、亜由とどっかで密会する気でいるのか。見城ちゃん、どっちだと思う？」

「おれの勘だと、女のとこに行くね。百さんに正体を知られたことで、徳大寺は不安と怯えに取り憑かれてるはずだ」

「そんなときは、女の肌を貪りたくなる？」

「多分ね」

「実は、おれもそう思ってたんだ。徳大寺が亜由とナニしてるとき、押し入るか」

百面鬼はそう言って、口を閉じた。

レクサスは渋谷方面に向かっていた。駒場の住宅街を抜けたとき、脇道から白っぽいワゴン車が急に飛び出してきた。見城が急ブレーキをかけた。危うく百面鬼は、フロントガラスに額をぶつけそうになった。シートベルトは着用していなかった。

「百さん、悪い！」

見城が詫び、ホーンを短く鳴らした。

ワゴン車は謝罪のサインも出さずに、レクサスとの間に入った。そのとたん、レクサスが速度を上げた。

「見城ちゃん、気をつけろ。前のワゴン車は徳大寺を逃がそうとしてるんだろう。何か仕掛けてくるかもしれねえぞ」

「それ、考えられるね」

見城がヘッドライトをハイビームに切り替えた。

ワゴン車には二つの人影が見えた。助手席のパワーウインドーのシールドが下げられ、何かが撒かれた。

金属鋲だった。拳ほどの大きさで、色は黒色だ。見城は路面に落ちた金属鋲を巧みに躱し、ワゴン車との車間を詰めた。

すると、ワゴン車は蛇行運転しはじめた。すぐに助手席の窓から金属鋲が次々に落とされた。タイヤをパンクさせられたら、追えなくなる。

見城がスピードを落とし、慎重に金属鋲を避けた。ワゴン車がスピードを上げる。

「百さん、足を踏んばっててくれ」

見城が一気に加速した。前方から走ってくる車は見えない。

ほどなくBMWはワゴン車と並んだ。

見城が大胆な幅寄せをする。ワゴン車のドライバーが焦って、車を左に寄せはじめた。

「修理代はおれが払うから、車体をぶつけてくれ」

百面鬼は言った。

「水臭いことを言うなって。最初っからボディーをぶつける気で幅寄せしたんだ」

「それでこそ、見城ちゃんだ。それじゃ、修理代は自分で払ってもらうか」

「百さんらしいや」

見城が苦笑混じりに言って、ハンドルを左に大きく切った。接触の衝撃があって、車体が擦れ合った。

ワゴン車は路肩に乗り上げた。フロントバンパーは、コンクリートの電信柱に触れていた。百面鬼はＢＭＷから出た。とうに徳大寺の車は視界から消えていた。

「おれは運転席の奴を押さえるよ」

見城がそう言いながら、ＢＭＷを降りた。

百面鬼はワゴン車の助手席側に回り込み、ショルダーホルスターから官給拳銃を引き抜いた。助手席にいる二十七、八歳の男が身を強張らせ、すぐに両手を掲げた。

百面鬼は、助手席の男を引きずり出した。

ちょうどそのとき、見城が運転席の男の顔面に正拳をぶち込んだ。殴られた男は抵抗する素振りを見せたのだろう。

「てめえら、徳大寺を逃がしやがったな」

百面鬼は言うなり、助手席に坐っていた男の脇腹に銃口を突きつけた。男は返事をしなかった。

「撃(ハジ)かれてえのか。上等だっ」

百面鬼はシグ・ザウエルP230JPを構えた。と、恐怖で相手の眼球が盛り上がった。唇も震えている。

「どこのヤー公だ？」

「半年前まで上野の元村(もとむら)組の世話になってたんだけど、組が解散したんで、いろいろ半端(はんぱ)仕事をやってるんだよ」

「そうかい。名前は？」

「若尾(わかお)だ」

「相棒も元村組にいたのか？」

「そう。川辺(かわべ)っていうんだ。おれたちは徳大寺さんに頼まれて、尾行を邪魔しただけなんだ。あんたらを殺(や)る気なんてなかったんですよ。だから、勘弁してください」

「鍋島と匂坂は、どこに隠れてる？」

「おれたちは知りません」

「一度死んでみるか」

百面鬼は銃口を強く押しつけた。

「あの二人は、もう死んでますよ。矢沢(やざわ)とかいう元自衛官が鍋島さんと匂坂さんを筋弛(きんし)

緩剤で殺して、死体をコンクリート詰めにしてから、駿河湾沖に沈めたんです。もちろん、徳大寺さんの指示でね」

「やっぱり、もう始末されてたか」

百面鬼は溜息をついた。そのとき、川辺の利き腕を捻上げた見城が回り込んできた。

「鍋島と匂坂は、もう始末されたらしい」

百面鬼は見城に声をかけた。見城が若尾に顔を向ける。

「徳大寺は、なぜ二人を葬らせた？」

「よくわからねえけど、徳大寺さんは初めっから鍋島さんと匂坂さんを消す気だったみたいだな。二人は、いろんなことを知りすぎてるから」

「徳大寺のバックにいる土岐が一連の事件のシナリオを練ったんだな？」

「おそらく、そうなんだろうね。おれたちは単なる雇われ人だから、詳しいことは知らないんですよ」

「おまえらは何をやったんだ？」

「サービス付き高齢者向け住宅の給水タンクに毒物を投げ込んだだけです。特養ホームや公共職業安定所を爆破させたのは、矢沢が指揮を執ってる混成部隊なんだ」

「混成部隊？」

百面鬼は会話に割り込んだ。

「そう。元自衛官、傭兵崩れ、破門やくざなんかで構成されてるチームだよ」

「そいつらが主に弱者狩りをやったんだなっ」

「そうです」

「逃げた徳大寺は、どこに行った？」

「愛人(レコ)のとこに行ったんじゃないかな。小倉亜由って女は狂言拉致をやってから、徳大寺さんが借りた一軒家に隠れてたんだ」

「その借家はどこにある？」

「広尾二丁目だよ」

「そこに案内してもらおうか」

「おれたち二人を弾除け(たまよ)にする気なんだろうけど、広尾の借家には見張り(シキテン)はいない。だから、おれたちは……」

若尾が両手を合わせた。

百面鬼は取り合わなかった。若尾と川辺をＢＭＷの後部座席に押し込み、自分も横に坐る。見城が運転席に入り、ただちにＢＭＷを発進させた。少し経ってから、川辺が声を発した。

「まさかおれたちに徳大寺さんを始末させる気なんじゃねえよな？」

「そういう手もあったか」

「やめてくれよ。元検事総長の土岐先生は、全国の親分衆と親しいんだ。もし徳大寺さんを手にかけたら、おれたち二人は殺し屋に追われる羽目になる」

「スリルがあって、面白えじゃねえか」

「冗談じゃない。あんた、徳大寺さんの彼女の罠に嵌まったんだよね。小倉亜由に恨みがあるだろうから、若尾と二人で輪姦ぐらいはやってもいいよ」

「それも一興だな。それじゃ、てめえらには徳大寺の目の前で亜由を姦ってもらうか」

百面鬼は言った。半分、本気だった。いつしか亜由に対する熱い想いは、烈しい憎悪に変わっていた。

およそ二十分で、広尾に着いた。目的の借家は高級マンションの隣にあった。敷地は六十坪ほどで、平屋だった。

百面鬼は先に車から出て、若尾と川辺を引きずり降ろした。見城が低い門扉を開け、邸内に忍び込んだ。あたりをうかがってから、手招きする。

百面鬼は拳銃をちらつかせながら、若尾と川辺を玄関先まで歩かせた。それから彼は、見城に万能鍵を手渡した。

見城が玄関のドア・ロックを解く。

百面鬼は自動拳銃を見城に渡し、先に家の中に侵入した。土足のまま、奥に進む。左手の奥にある和室から、亜由の喘ぎ声が聞こえた。どうやら徳大寺は、愛人と情事に耽っているようだ。

百面鬼は抜き足で和室に近づき、襖をそっと開けた。

敷蒲団に全裸の亜由が横たわっていた。仰向けだった。徳大寺は腹這いになり、亜由の秘部を舐め回していた。やはり、一糸もまとっていない。八畳間だった。

百面鬼は部屋の中に足を踏み入れ、徳大寺の後頭部を蹴った。徳大寺が呻いて、横に転がった。

亜由が弾かれたように半身を起こした。乳房が揺れた。

「どうして、ここがわかったわけ!?」

「若尾って野郎の口を割らせたんだよ。よくもおれを騙してくれたなっ」

「わたしをどうする気なの？」

「すぐにわかるさ」

百面鬼は言って、徳大寺の脇腹に鋭い蹴りを入れた。徳大寺が体を丸めて、長く唸った。

そのとき、見城が若尾と川辺を和室に押し入れた。百面鬼は拳銃を受け取ると、銃口を徳大寺に向けた。

「所長さんよ、これから面白いショーを見せてやらあ」

「面白いショーだって？」

徳大寺が苦痛に歪んだ顔で訊いた。

「若尾と川辺に亜由を姦らせる」

「本気なのか!?」

「もちろんだ」

百面鬼は冷ややかに応じ、若尾たちを目顔で促した。元組員の二人が顔を見合わせた。

「レイプしないで」

亜由が哀願して、夜具で裸身を覆い隠した。

「できれば獣姦の初体験をさせてえとこだがな。そっちはセントバーナードに突っ込まれたと言ってたが、引っ掻き傷一つなかった。で、おれは拉致騒ぎは狂言じゃないかと疑いはじめたんだよ。ちょいと計画が甘かったな」

「あなたを罠に嵌めたことは悪かったわ。謝ります。あるだけのお金を差し上げるので、どうか赦（ゆる）して！」

「金で何でも片がつくわけじゃねえ。早く３Ｐをやれ！」

百面鬼は亜由に言い放ち、徳大寺のこめかみに銃口を密着させた。

「亜由には何もしないでくれ」

「そうはいかない」

「約束の一億円はちゃんと払う。渡した半金も返さなくてもいいよ。だから、亜由の体を穢（けが）すようなことはさせないでくれ。頼むよ」

徳大寺が訴えた。

百面鬼は黙殺し、若尾たち二人をけしかけた。亜由が起き上がり、壁際まで逃げた。

若尾が拳（こぶし）で亜由の顔面を殴りつけた。亜由が畳の上に倒れた。すかさず川辺が亜由の体を押さえつける。若尾が亜由の乳房を乱暴にまさぐり、乳首を指で弄（もてあそ）びはじめた。

亜由が全身でもがきながら、泣きはじめた。徳大寺が絶望的な顔つきになった。

数分経つと、若尾がチノクロスパンツとトランクスを脱いだ。ペニスは反り返っていた。若尾は亜由と体を繋ぐと、荒々しく腰を躍（おど）らせはじめた。

川辺が結合部を見ながら、分身を摑（つか）み出した。勃起（ぼっき）している。川辺は亜由の鼻を抓（つま）んで、口中にペニスを突き入れた。

亜由が懸命に顔を左右に振った。しかし、川辺の分身は外れない。

「ちゃんとしゃぶってやれよ」

若尾が亜由に言って、律動を速めた。

それから間もなく、彼は果てた。若尾が離れると、今度は川辺が亜由にのしかかった。

乱暴に彼女の両脚を肩に担ぎ上げ、がむしゃらに突きまくった。

ほんの数分で、川辺は射精した。

「破門された二人を別室に閉じ込めてくれねえか」

百面鬼は見城に言った。

見城が快諾し、若尾と川辺を和室から連れ出した。百面鬼は、さりげなく上着の左ポケットに手を突っ込んだ。忍ばせておいたＩＣレコーダーの録音スイッチを入れ、徳大寺に話しかけた。

「一連の事件の絵図を画いたのは、どっちなんだ！　黒幕の土岐なのか？　それとも、てめえなのかっ」

「具体的なプランを練ったのは、このわたしだ。しかし、日本の再生を阻む邪魔者を抹殺しなければならないと熱心に説かれたのは土岐先生だよ。先生は民自党の元総理、大物財界人、フィクサーなどに意見を求めた末、この国のために起ち上がられたんだ。わたしは三年前に『北斗フーズ』の顧問弁護士になられた先生と会社のパーティーで知り合ってから、ずっと師事してきたんだよ。先生ほど、この国の行く末を案じられてるお方はいない」

「だからって、社会的な弱者を斬り捨てようなんて考えは間違ってらあ。思い上がりも甚だしい」

「そんなきれいごとを言ってたら、この国は滅んでしまう。国債をやたら発行してるのは、財政がパンク寸前だからなんだ。いま世の中のお荷物を捨てないと、日本はそんな連中と心中させられるんだぞ。だから、荒療治しなければならなかったんだ」

「てめえらはクレージーだ。まともじゃねえ」

「なんとでも言いたまえ。しかし、先生もわたしも考えを変える気はないっ」

「だったら、土岐とてめえを始末するほかねえな」

「そ、それは待ってくれ。いま殺されるのは困る。せめてもう半年だけ待ってくれ。いくら出せば、猶予を貰えるんだ？」

徳大寺が訊いた。百面鬼はＩＣレコーダーを停止させてから、口を開いた。

「商談はビッグボスとやるよ。土岐は携帯電話を持ってるな？」

「持ってることは持ってるが」

「撃たれたくなかったら、素直にナンバーを言うんだなっ」

「しかし……」

「死ぬ覚悟ができたみたいだな」

「ま、待ってくれーっ」

徳大寺が質問に渋々、答えた。百面鬼は、すぐ土岐に電話をかけた。呼び出し中にICレコーダーを取り出す。

「土岐だ」

「徳大寺が何もかも吐いたぜ」

「き、きさまは百面鬼だなっ」

「そうだ。この遣り取りを聴きな」

百面鬼は拳銃をホルスターに戻し、携帯電話をICレコーダーに近づけた。

やがて、音声が途絶えた。百面鬼はICレコーダーをポケットに戻し、携帯電話を耳に当てた。

「徳大寺の声、はっきり聴こえたなっ」

「ああ。その録音音声をどうする気なんだ？　警察や検察に持ち込んでも無駄だぞ。わたしは元総理や前法務大臣と親しいんだ。そんな物は簡単に握り潰せる」

「そのＩＣレコーダーの音声データを渡し、すべてのことに目をつぶってくれたら、三億円出そう」

土岐が自慢げに言った。

「かもしれないな。けど、全マスコミを抑(おさ)えることはできねえだろうが！」

「き、きさまは録音音声を新聞社かテレビ局に持ち込むつもりなのか!?」

「場合によっては、そうすることになるな。どうする？」

「足りねえな。おれは若死にさせられた飲み友達に返せねえ借りをこさえちまったんだ。松丸の遺族にまとまった香典を渡してやりてえんだよ」

「要求額をはっきり言ってくれ」

「五億円用意しな。金の受け渡し場所は後日、決めようや」

百面鬼は先に電話を切り、ショルダーホルスターから官給拳銃を引き抜いた。無言で徳大寺の頭部を吹き飛ばし、亜由の心臓部も撃ち抜いた。どちらも即死だった。なんの感傷も覚えなかった。

銃声を聞きつけた見城が和室に飛び込んできた。

「百(どう)さん、二人を殺(や)っちまったのか!?」

「ああ。松(まつ)の恨みを晴らしてやったんだよ。おれの弱みになってる動画データを回収したら、ひとまず逃げ（フケ）よう」

百面鬼は拳銃をショルダーホルスターに突っ込み、相棒を急（せ）かした。

二人は部屋の中を物色しはじめた。


一週間後の夜である。

百面鬼は小高い丘の上にいた。雑木林の中だった。神奈川県厚木（あつぎ）市の外れだ。

眼下には、廃業して間もないスポーツクラブの駐車場が見える。代理人の見城はＢＭＷに凭（もた）れて、紫煙をくゆらせていた。

約束の時刻は午前零時だった。まだ十数分前だ。そのうち土岐が現われるだろう。

伊集院七海が仕掛けてくれた電話盗聴器の音声で、土岐が元自衛官の矢沢をお抱え運転手に化けさせ、五億円の受取人を射殺しろと命じたことはわかっていた。

「ここで、しっかり見てな」

百面鬼は懐から松丸の遺影を抓（つま）み出し、太い樹木の幹（みき）に画鋲で留（と）めた。

深呼吸し、スナイパー・ライフルを構え直す。暗視スコープを覗くと、駐車場に黒塗りのレクサスが入ってきた。土岐の車だろう。

レクサスは、ＢＭＷの手前で停まった。後部座席から七十年配の男が降りた。土岐だった。細身で、割に背は高い。

代理人の見城が土岐に歩み寄り、偽の音声データを手渡した。土岐が満足げにうなずき、レクサスのドライバーに何か指示した。

元自衛官の矢沢が車を降り、トランクルームから大型ジュラルミンケースを取り出した。見城が矢沢にジュラルミンケースの蓋を開けさせる。札束がぎっしりと詰まっていた。

見城が両手でジュラルミンケースを持ち上げた。さすがに重そうだ。

五億円だと、万札で約五十キロある。それにジュラルミンケースの重さが加わるから、片手ではとうてい持ち運べない。

見城がジュラルミンケースをＢＭＷの後部座席に投げ入れたとき、矢沢が腰の後ろから消音器を嚙ませた自動拳銃を引き抜いた。

「くたばるのは、てめえのほうだっ」

百面鬼は吼えて、矢沢の頭部に狙いをつけた。無造作に引き金を絞る。少しもためらわなかった。

ライフル弾は標的に命中した。矢沢の頭がミンチになった。

見城が振り向き、うろたえる土岐に怒声を放った。土岐が焦って、懐を探った。護身用のポケットピストルを忍ばせていたのだろう。

「土岐、地獄で泣け」

百面鬼はレミントンM700の銃身を横に振り、引き金を絞った。

土岐は頭から血を四散させながら、前のめりに倒れた。それきり石のように動かない。

見城が丘の方に体を向け、高くVサインを掲げた。

そのとき、一台の単車が駐車場に入ってきた。ライダーは七海だった。七海はバイクを降りると、見城に駆け寄った。二人は強く抱き合った。

「松、見城ちゃんはもう七海とは他人じゃねえみたいだぜ。まったく手が早え男だよな」

百面鬼は写真を剝がし、懐に戻した。屈み込んで、スナイパー・ライフルを分解しはじめる。いくらも時間は要さなかった。

百面鬼は雑木林を走り抜け、覆面パトカーのクラウンに乗り込んだ。

すぐに見城の携帯電話を鳴らす。ワンコールで、電話は繋がった。百面鬼は早口で喋った。

「五億円は、そっちの塒に運んでくれや。二億はおれが貰う。見城ちゃんには一億やらあ。残りの二億は、松のおふくろさんに匿名で寄附するよ」

「例のＩＣレコーダーの音声データはどうする？」

見城が問いかけてきた。

「燃やしちまおう」

「それはもったいないな。唐津さんに匿名で送ってやりなよ」

「そうするか。あの旦那にゃ、いろいろ世話になってるからな」

「おれたち二人ともね」

「そうだな。おれは別ルートで東京に戻る。見城ちゃんも七海ちゃんも、早いとこ事件現場から遠ざかってくれ」

百面鬼は電話を切り、クラウンを走らせはじめた。

ふと夜空を仰ぐと、満天の星だった。星屑の瞬きが美しい。

松丸の魂は夜空の中を漂っているのか。そう思った瞬間、視界が涙でぼやけた。若死にした飲み友達は、こういう決着で満足してくれただろうか。故人に訊いてみたいが、それはできない相談だ。

百面鬼は手の甲で涙を拭って、アクセルペダルを踏み込んだ。

二〇一六年十月　祥伝社文庫刊

光文社文庫

刑事失格　新・強請屋稼業

著者　南　英男

2022年1月20日　初版1刷発行

発行者　鈴木広和
印刷　堀内印刷
製本　榎本製本

発行所　株式会社　光文社
〒112-8011　東京都文京区音羽1-16-6
電話（03）5395-8149　編集部
8116　書籍販売部
8125　業務部

落丁本・乱丁本は業務部にご連絡くだされば、お取替えいたします。
ISBN978-4-334-79296-1　Printed in Japan

組版　堀内印刷

光文社文庫　好評既刊

ペット可。ただし、魔物に限る　松本みさを
恋の蛍　松本侑子
島燃ゆ隠岐騒動　松本侑子
敬語で旅する四人の男　麻宮ゆり子
バラ色の未来　真山仁
向こう側の、ヨーコ　真梨幸子
新約聖書入門　三浦綾子
旧約聖書入門　三浦綾子
泉への招待　三浦綾子
色即ぜねれいしょん　みうらじゅん
極め道　三浦しをん
舟を編む　三浦しをん
江ノ島西浦写真館　三上延
殺意の構図　探偵の依頼人　深木章子
交換殺人はいかが？　深木章子
消えた断章　深木章子
少女ノイズ　三雲岳斗

なぜ、そのウイスキーが死を招いたのか　三沢陽一
冷たい手　水生大海
だからあなたは殺される　水生大海
プラットホームの彼女　水沢秋生
俺たちはそれを奇跡と呼ぶのかもしれない　水沢秋生
甲賀三郎　大阪圭吉　ミステリー文学資料館編
森下雨村　小酒井不木　ミステリー文学資料館編
ラットマン　道尾秀介
カササギたちの四季　道尾秀介
光　道尾秀介
満月の泥枕　道尾秀介
赫眼　三津田信三
海賊女王（上・下）　皆川博子
ポイズンドーター・ホーリーマザー　湊かなえ
警視庁特命遊撃班　南英男
はぐれ捜査　南英男
惨殺犯　南英男

光文社文庫　好評既刊

蜜と唾　盛田隆二
美女と竹林　森見登美彦
奇想と微笑 太宰治傑作選　森見登美彦編
美女と竹林のアンソロジー　森見登美彦 リクエスト!
棟居刑事の東京夜会　森村誠一
棟居刑事の黒い祭　森村誠一
棟居刑事の代行人　森村誠一
棟居刑事の砂漠の喫茶店　森村誠一
春や春　森谷明子
南風吹く　森谷明子
遠野物語　森山大道
神の子(上・下)　薬丸岳
ぶたぶた日記　矢崎存美
ぶたぶたの食卓　矢崎存美
ぶたぶたのいる場所　矢崎存美
ぶたぶたと秘密のアップルパイ　矢崎存美
訪問者ぶたぶた　矢崎存美

再びのぶたぶた　矢崎存美
キッチンぶたぶた　矢崎存美
ぶたぶたさん　矢崎存美
ぶたぶたは見た　矢崎存美
ぶたぶたカフェ　矢崎存美
ぶたぶた図書館　矢崎存美
ぶたぶた洋菓子店　矢崎存美
ぶたぶたのお医者さん　矢崎存美
ぶたぶたの本屋さん　矢崎存美
ぶたぶたのおかわり!　矢崎存美
学校のぶたぶた　矢崎存美
ぶたぶたの甘いもの　矢崎存美
ドクターぶたぶた　矢崎存美
居酒屋ぶたぶた　矢崎存美
海の家のぶたぶた　矢崎存美
ぶたぶたラジオ　矢崎存美
森のシェフぶたぶた　矢崎存美